마음의 숲을 거닐다

# 마음의 숲을 거닐다

'괜찮아 잘될거야!'라고 외치며 송준석 교수와 함께 떠나는 100가지 행복여행

**스타북스**

송준석 지음

# 행복을 찾아 마음의 여행을
# 떠나시는 건 어떠세요?

2014년 여름 영화 〈명량〉이 소위 초대박이 나고 내가 느낀 참 정서는 큰 기쁨과 행복감보다 큰 우울과 불행감이었습니다. 그리고 원인을 알 수 없는 지속적인 신경통이었습니다.

이러다 죽겠다 싶어 우여곡절 끝에 찾아간 곳이 어느 단식학교였습니다. 바로 그곳에서 송준석 교수님을 만났던 기억이 새삼 떠오릅니다. 나는 그때 교수님과의 우연한 만남을 계기로 비로소 명예와 경제적 성취란 것이 결코 행복과 일치하지 않을 수 있음을 여실히 느끼고 체험했던 장본인입니다.

이 책은 그때 인연을 지금까지 이어온 송준석 교수님의 저서들 중에서 본격적인 행복론의 시작인 것 같습니다.

독자 여러분! '마음의 숲을 거닐다'와 함께 행복을 찾아, 마음의 여행을 떠나시는 건 어떠세요? 이 책을 통해 독자 여러분께서도 행복이란 과연 무엇으로부터 비롯되었으며, 어떤 앎과 깨우침 속에서 완성되어 가는지 차분히 음미하는 멋진 시간을 가져 보시길 바라겠습니다. 아무쪼록 모두 행복하십시오.

여수 큰 바위 산에서

영화감독 김한민

스타북스에서 성공을 주제로 한 첫 번째 책 〈오늘도 인생을
색칠한다〉를 시작으로, 사랑을 노래한 〈기쁨이의 속삭임〉과
잃어버린 희망을 찾자고 외친 〈우리들의 잃어버린 선물〉에 이
어 네 번째로 삶을 축복으로 만드는 행복을 주제로 〈마음의 숲
을 거닐다〉를 출판합니다. 두려움도 있지만, 이번에는 얼마나
멋지게 편집되어서 나올까 하는 기대도 있습니다.

아리스토텔레스가 삶의 목적을 행복이라고 표현한 이후에
제가 존경하는 김태길 교수님을 비롯하여 여러 학자들이 건강,
교육, 부, 자아실현, 출세 등을 행복에 대한 객관적 증거로 들고
있습니다. 저도 한 때 행복한 공직생활 등의 강의에 객관적 지
표를 통해 상대방을 이해시킬려고 노력했습니다. 그런데 이런
기준은 필요하긴 하지만 개인차가 있고 어느 선에서 만족하고,
만족해야 하는지 분명한 기준이 없습니다. 김형석 교수님은 행
복을 "인간답게 살았을 때 내게 책임을 다했을 때 주어지는 느
낌이나 정신적 보람"이라고 다소 주관적이고 추상적 개념으로
정리하고 있습니다. 물질적 풍요가 행복을 방해하거나 물질적
조건이 필요치 않다는 것은 아니지만 탈 벤 샤하르도 〈해피어〉
에서 행복은 지속적으로 안정적인 만족감으로 주관적이라고 했

습니다. 저도 행복은 조건화된 객관적인 현상지표라기보다는 주관적인 관념이라 생각하고 이를 더 선호합니다. 배부른 뒤에 허전함일 수도 있지만 배부른 돼지보다 배고픈 소크라테스적 삶을 살고자 하는 사람도 많습니다.

저는 이 주제에서 제 나름의 삶 속에서 겪은 여러 가지 경험을 토대로 행복을 중구난방식으로 성찰하여 정리하고 있습니다. 그래서 꼭 이 책을 첫 페이지부터 읽을 필요가 없습니다. 한편 저와 친분있는 화가들의 행복을 그린 작품들을 같이 콜라보하여 편집하였으니 글을 읽기 싫은 날에는 그림만 보아도 좋을 것입니다. 이 책을 통해 여러분도 각자가 추구하는 행복이 무엇인지를 생각하는 계기가 되었으면 좋겠습니다. 삶의 존재 이유와 목적이 행복에 깊이 관련이 있다는 것은 분명합니다. 그러기에 행복하기 위해서는 존재 이유에 대한 고민이 우선되어야 합니다.

행복은 지상의 행복, 내세의 행복 기준이 다를 것입니다. 속세와 신앙의 행복은 다를 수 있다는 것입니다. 세속의 행복은 물질과 지위에 기반한 행복일 것입니다. 행복은 쾌락과 즐거움 속에만 있는 것이 아니라 가치와 의미를 위해 기꺼이 어려움을 감내하는 지사적 정신 속에도 있습니다. 그러기에 정의로운 사람은 어지러운 세상에서 굶어 죽을 마음으로 그 고통을 기꺼이 받아들이면서도 자신의 떳떳함으로 행복할 수 있습니다. 저의 경험으로는 결핍의 욕구인 세속적 쾌락이 자기의 행복을 채워주지는 못하다는 것은 분명합니다. 탈세속적 차원에서 보면 '만족을 아는 자가 가장 많은 것을 가진자다(법구경)'라는 말처럼 만족을 모르는 사람은 행복하지 않습니다. 가난한 사람들의 행복, 가난한 이를 도와주는 베풂의 행복 또한 중요한 행복일 겁니다. 동말레시아의 바자우족에게는 부족함이라는 단어가 없답니다. 해조류 아갈아갈을 채취하며 낡은 바다 위 집에서 사는 민족의 해맑은 미소는 행복 그 자체입니다. 부족하지만 그 부족함을 나누는 것도 커다란 행복입니다. 진짜 나눔은 여유가 있어서 나누는 것이 아니라 나눔으로 얻는 사랑 그 자체가 행복하기 때문입니다. 신앙적 측면에서는 오병이어의 기적처럼 나눔 자체가 기적입니다. 서로 돕고 나누는 사랑을 통해 행복합니다. 저는 여기서 신앙에서 추구하는 내세적 행복은 저의 믿음 안에는 있지만, 저의 이성적 성찰을 뛰어넘은 것으로 생각하여 거의 다루지 않았으며, 혹시 있더라도 그것은 저의 믿음에 근거한 소견임을 미리 말씀드립니다.

두려움을 가지고 자신의 이기적 욕망을 채우는 것과 두려움이 없이 자신의 가치관과 신념을 위해 기꺼이 목숨을 거는 것 중 어떤 것이 행복한 일일까요? 어리석은 질문이지만 저를 비롯한 자본주의사회의 물신주의자들은 전자에 더 합리적 변명으로 몰두합니다. 물론 내세에 행복하기 위해서라는 명분에 자기를 학대하며 종교적 계명만을 위해 일부러 모든 것에 죄인이라 생각하고 현세의 삶을 부정하고 금욕만이 행복이라고 저는 생각하지 않습니다. 종교적 의미의 행복을 폄하할 생각은 없습니다만 우리가 수도자와 성인의 극기와 절제를 무조건의 미덕으로 숭상하는 것도 저는 어리석다고 생각합니다. 절제를 달콤하게 생각해야 행복합니다. 건방진 요청인지 모르지만, 여러분도 이번 기회에 자신의 존재 이유와 행복에 대한 목적을 분명히 하실 것을 부탁드립니다.

기준이 없는 막연한 비교는 행복을 방해합니다. 결핍과 부족을 느끼게 할 뿐입니다. 자신의 소중함을 생각하지 않고, 부족한 것을 통해 자신의 삶을 경시하고 하찮게 여기며 스스로 믿지 않는 것는 행복에 방해요소입니다. '잔인함은 자신의 약점으로부터 나온다.'는 세네카의 말처럼 자신의 장점과 긍정성을 볼수 없는 사람은 불행할 수밖에 없습니다. 자신을 긍정적으로 보는 자아존중감이 행복에 큰 요인 중 하나입니다. 자신이 가진 소중한 것을 귀하게 여기고 가꾸어 가는 지혜가 필요합니다. 행복은 남의 떡이 커보이는 비교를 하지 않습니다. 진실도 모르면서 소문으로 세상을 바라보고 자기 멋대로 해석하는 것을 지양해야 합니다. 그것도 안좋은 쪽으로 합리화 방식은 불행을 자초합니다. 자신의 처지를 상대방 탓을 하거나 조건이 나쁨에 핑계를 대는 불평으로 일관하는 사람은 결코 행복하지 못합니다. 행복한 사람은 핑계를 대지 않습니다. 핑계댈 시간에 문제해결방법을 생각합니다. 행복은 자신의 편견과 아집에 빠지지 않으면서 상대방을 신뢰하는 건전한 상호존중의 관계 속에서 불행의 책임을 남의 탓으로 돌리지 않는 자기 주체적 주인의식에서 느끼게 됩니다. 자신의 가치와 믿음을 가지고 그것을 실천하며 성실히 사는 삶 당신만이 행복에 책임을 집니다. 관계성과 개방성, 우호성과 서로의 차이를 인정하고 상호협조하는 것이 필요합니다. 그러면 행복은 내 안에서 꽃처럼 피어나는 것입니다. 누가 선물하는 것이 아닙니다. 스토아학파의 기둥처럼 행복은

'삶의 축복'이며 '마음속에 있는 보물'입니다. 혼란과 어지러움 속에서도 중심을 잡을 수 있으면 행복은 자신의 것입니다. 필요가 없고 실용성이 떨어진 제품이라 할지라도 자신의 마음과 기분을 즐겁게 한다면 분수에 넘치지 않는 사치를 즐겨도 행복한 법입니다. 자신의 기호품을 모으거나 식도락을 즐기는 것이 허용되는 당연한 이유이기도 합니다.

불안하면 행복할 수 없습니다. 그 불안은 어디에서 오는 것일까요? 자기가 기대하는 사건이 예측불가능할 경우에 옵니다. 완벽한 예측은 있을 수 없습니다. 그러기에 인간은 원래 불안한 존재입니다. 완벽하지 않고 부족하다는 것을 알아차림하면 행복합니다. 아무리 열심히 살아도 자신의 뜻대로 모든 일이 되지도 않으며 나날의 삶에 부딪히는 어려움과 번뇌로부터 완전히 벗어날 수 없습니다. 단지 나날의 삶을 있는 그대로 수용하고 감사하면 행복이 싹트기 시작합니다. 감사를 모르고 사는 사람은 행복할 수 없습니다. 우리는 알게 모르게 다른 사람의 도움을 받아서 살고 있습니다. 맛있는 음식을 먹으며 만들어 준 분에게 감사를 드리고 천천히 음미하는 것도 행복입니다.

목마를 때 마시는 한잔의 물이 몸을 상쾌하게 하는 감격과 감동을 주는 계기가 되듯이 우리의 일상에는 행복이 도처에 있음을 깨달아야 합니다. 이를 알아차림하지 못하면 수많은 행복한 순간을 놓치게 됩니다. 소확행의 즐거움을 아는 것이 행복입니다. 이렇게 아름다운 자연이 펼쳐있는데 아니 행복할 수 있는가? 라며 해맑게 웃는 자연에서 홀로 사는 사람들을 보세요. 효율성이 떨어지고 느리고 살더라도 여유있게 즐기는 행복이 필요한 시대입니다. 뚜벅뚜벅 걷는 삶은 행복합니다. '걷다보면 해결된다.(리턴어 격언)'는 말이 주는 교훈을 되새겨야 합니다.

현재 상황에서 긍정적으로 보는 눈을 가진 낙관론자는 삶이 행복할 수밖에 없습니다. 에디슨이 말했듯이 똑 같은 일도 생각하기에 따라 지옥도 되고 천국도 된다는 사실을 명심하십시오. 일체유심조一切唯心造입니다. 탈 벤 샤하르의 말처럼 '세상에 절대적으로 좋은 일도 나쁜 일도 없습니다.' 어려움 속에서도 나름의 긍정적 의미가 있습니다. 인생지사 새옹지마塞翁之馬입니다. 고통과 시련이 없이는 성공할 수 없습니다. 따라서 행복도 있을 수 없습니다. 삶의 축복인 행복은 이렇듯 항시 즐거운 것이 아닙니다. 나날을 고치고 수리하는 고통과 애씀이 병행하는 '보통의 삶이 바로 행복을 저축하는 것'이라 생각하십시오. 한 대도 안 맞고 권투에서 이길 수 없듯이, 자유의지, 자기 통제력과 같은 약간의 힘듦이 있는 과정을 거쳐야 자신만의 독창성(자신만의 색깔)과 즐거움을 동반하는 행복을 얻을 수 있습니다. 모든 일에는 기다림과 인내가 필요합니다. 삶에서 자기의 능력을 최대한 발휘하는 것이 성공이라면 성공도 행복의 일부가 될 수 있습니다. 그러나 아무리 높은 지위와 수입을 보장한다고 해도 자신의 능력을 뛰어넘거나 자신이 감당할 수 없는 것은 맡지 않는 것이 좋습니다. 남이 알아주지 않는 직업이라도 자신의 타고난 재능을 발휘할 천직에 감사하는 마음이 즉 행복한 삶의 요인이기도 합니다. 모든 일에 이끌려 다니는 사람보다는 이끌고 가는 적극적이고 진취적이며 자신의 일이 하찮게 여겨지더라도 책임감이 있는 사람이 성공하고 행복합니다. '펠리치타(행복)' 노래를 흥겹게 부르며 신나게 하루를 시작하시길 바랍니다. 이 글을 통해 행복한 삶을 사는 계기가 된다면 좋겠습니다.

이 책을 엮는 데 많은 분들의 도움을 받았습니다. 아직 널리 보급되지는 못했지만, 지난번 펴낸 세 권의 책을 읽고 마음의 안녕과 평화를 얻고 힘을 얻었다는 독자들의 격려가 가장 큰 힘이 되었습니다. 두 번째는 메세나 운동의 일환으로 그림과 함께 책을 내겠다는 저의 취지를 이해하고 그림을 기꺼이 제 공해준 박구환, 최순임, 강다희, 주라영, 서지영, 안태영, 김영일, 천영록, 성유진을 비롯한 이시형 화가들께 감사를 드립니다. 작가들의 작품을 개인적으로 소장하고 있으며, 이시형 작가는 제 조카임을 밝힙니다. 작가들과 독자들께서도 서로 연락을 할 수 있는 계기가 되고, 선한 영향력을 주고 받았으면 좋겠습니다. 실제 독자분들이 그림을 통해서도 많은 위로와 행복을 얻었다고 전해 들었습니다. 또한 어려운 상황에서도 좋은 책이라고 다량을 구입하여 주변 분들에게 선물한다고 사인을 받으러 오신 독자분들께도 지면을 통해 감사를 드립니다. 큰 힘이 되었습니다. 또한 우연한 만남의 인연으로 제가 천주교인임을 아시고도 보은사에서 출판기념회 겸 독자와의 만남을 주선하신 도제 스님께 머리 숙여 감사의 말씀을 드립니다. 어려움을 마다 않고 기꺼이 작품 수집을 도와주신 강다희 작가님, 어려운 출판 상황에서도 긍정적으로 아름다운 책을 만들어 주시는 김상철 대표님과 멋지게 편집해 주신 편집장님께도 감사드립니다. 제에게는 대한민국 최고 감독인 김한민 감독님의 추천 글은 영광이고 큰힘이 되었습니다. 명량, 한산에 이어 12월 20일 개봉하는 노량이 다시 한번 대한민국 국민 모두의 가슴에 국뽕을 넘어서 우리 민족이라는 사실 하나만으로도 세계시민 으로서의 격을 높이는 감동을 주길 기대합니다. 마지막으로 행복하게 글을 쓰게 해준 사랑하는 가족과 친지들께 감사의 말씀을 드립니다.

꽃이 화사하고 아름답게 핀 행복한 날 추성골에서

송준석 모심

# CONTENTS

## Chapter 1

# 행복이란 향수와 같습니다

## 서지영

## Chapter 2 ─────────

# 행복은 자신에게 달려있습니다

## 안태영

**Chapter 3** ————————

# 진정한 휴식은 행복의 원천입니다

주라영

**Chapter 4** ——————

# 자신을 알아준 친구가 있는 사람은 행복합니다

## 성유진

## Chapter 5

# 상대의 입장을 존중하면 행복합니다

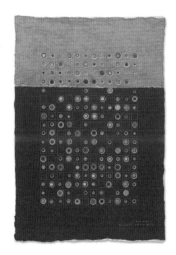

## 천영록

**Chapter 6** —————————

# 삶 자체를 선택하고 즐겨야 행복합니다

## 최순임

**Chapter 7** ——————

# 행복은 죽음을 잘 준비한 자의 몫입니다

## 강다희

**Chapter 8** ────────

# 비움은 곧 충만이고 행복입니다

## 이시형

**Chapter 9** ───────

# 용서는 행복의 지름길입니다

## 김영일

## Chapter 10————

# 타인을 행복하게 하면 자신도 행복합니다

## CHAPTER 1

행복이란
향수와
같습니다

— 박구환 In full bloom M220130 2022 | Oil on canvas | 116.8×91cm —

# 박구환

1964년 광주출신으로 조선대학교 회화과와 동 대학원을 졸업하였다. 졸업 직후 표현주의화법의 페인팅작업에 집중하다가 일본유학을 계기로 판화가로 활동하게 되었다. 도시의 이미지를 기하학적형식으로 재해석으로 시작된 소멸판화기법은 '자연과 인간의 삶'을 시각적 즐거움과 휴식, 심상치유에 관한 관심을 형상화하는 작업을 하였다. 최근에는 판화기법을 이용한 회화작업을 진행하고 있는데, 두 기법의 장점이 극대화되어 새로운 느낌의 회화적 가치를 완성해냈다. 동안 개인전 51회와 각종 단체전에 약 500여회 참여하였고 현재 전업 작가로 활동중이다.

# 행복을 느끼는 데
# 동심, 무심, 그리고 '솔직함'이
# 필요합니다

행복을 느끼는 데는 동심童心이라든가
무심無心이라든가 솔직함 같은 것이 필요하다.

✦ 무샤코지 사네아

동심은 순수함이고 무심은 마음이 치우치거나 집착하지 않아 욕심이 없음이고, 솔직함은 마음에 거리낌이 자기 본래의 모습을 그대로 드러내는 것입니다. 그렇다면 행복을 느끼는 데 동심, 무심, '솔직함 같은 것'이 아니라 동심, 무심, '솔직함'이 필요합니다. '같은 것'은 여유 있고 융통성 있게 보이지만 회피할 가능성도 있기 때문입니다. 행복은 마음이 편해야지, 복잡하거나 얽혀있으면 느낄 수 없는 순수한 선물입니다. '천국은 마음이 가난한 사람의 것이다.'라는 성서의 말씀이 동심과 무심을 함축含蓄하고 있습니다.

저는 '늘', '언제나', '행복한'이라는 수식어를 잘 씁니다. 늘 행복해서라기보다는 저의 순수한 내면이 작동했을 때만 행복했기 때문입니다. 다시 말하면 제 마음이 욕구나 이익에 얽매이지 않고 오염되지 않아야 행복을 누리는 특권이 옴을 알았기 때문입니다. 온전히 순수하기란 어렵지만, 온갖 것을 다 품을 수 있는 것 또한 마음이기에 마음의 용량을 키우는 것이 필요합니다. 모든 것을 수용하고 포용할 수 있는 그릇이 커지면 이해관계를 통한 갈등이 없어지고 사물을 치우치게 보는 뒤틀린 틀이 맑아지기 때문입니다. 마음이 맑아지면 동심, 무심, 솔직함이 열리고 그 순간 행복은 샘솟게 됩니다. 일부러 행복한 척 할 수는 있으나 진정으로 행복한 것은 아니겠지요.

행복하신가요? 어떨 때 행복하다고 느끼시나요? 행복이 마음을 편하게 하던가요? 아니면 욕구를 채우고 난 뒤처럼 허전함을 주던가요? 음식이 양념에 치우치지 않을 때 순수한 맛을 느낄 수 있듯이 순수한 마음의 회복이 행복을 있는 그대로 느낄 수 있게 해줍니다. 동심, 무심, 솔직함의 필요성을 맘에 새겨 보실까요.

박구환 **Recollection M230217** 2023 | Oil on canvas | 116.8×91cm

# 행복이란
# 향수와
# 같습니다

행복이란 자신의 몸에 몇 방울 떨어 뜨려 주면
다른 사람들이 기분 좋게 느낄 수 있는 향수와 같다.

✛ 랠프 왈도 에머슨

얼마 전에 어머니께서 저에게 향수를 선물하셨습니다. '나이
가 들면 몸에 냄새가 나기 시작하니 다른 사람을 위해서 조금씩
뿌리라'고 하셨습니다. 지금까지는 향수를 받으면 늘 다른 사람
에게 선물로 줘버렸습니다. 에머슨의 글귀를 보며 어머니 말씀
을 이해하고 저를 돌아보고 깨닫는 계기가 되었습니다. 이제 저
에게 한 방울의 향수를 뿌려 향기를 다른 사람에게 전하듯 제
내면에 행복이 감돌게 하고 그 기운을 행복 바이러스로 퍼뜨려
야겠습니다. 행복이라는 말만 들어도 미소가 지어지고, 왠지 마
음에 여유가 생기고 그 여유를 나누고 싶은 마음의 향기가 피어
오릅니다. 기분을 좋게 하는 마법의 향기는 자신도 모르게 다른
이에게 퍼져 아름다운 공동체를 가꿉니다. 다른 사람을 통해 행

복하게 될 것이라는 믿음은 자신을 상대에게 종속되게 하는 일입니다. 행복은 마음속 욕구를 내려놓고 다른 사람들과 더불어 나눌 때 비로소 얻는 선물입니다. 자신만 행복하고 주변이 행복하지 않으면 나쁜 향기가 오염을 시켜 자신도 나쁜 향기에 휩싸이게 됩니다. 행복은 나누는 것이지 혼자만 누릴 수는 없는 것이며, 좋은 향수를 뿌려 다른 사람을 상쾌하게 하듯 자신을 즐겁게 갈고 닦아 다른 사람에게 즐거움을 줌으로써 받는 선물입니다.

행복하신가요? 어떨 때 가장 행복하신가요? 뭔가를 상대에게 내어 줄 때 행복하지 않던가요? 사랑과 평화는 행복의 길동무이고 사랑과 평화가 넘치는 곳에 행복이 꽃피고 향기가 넘칠 것입니다. 오늘도 다른 사람을 위해 내 몸에 기분 좋은 향수를 뿌려보실까요?

# 이익은 나눠야
# 행복합니다

주식회사 개념을 도입한 일본 경제의 아버지라 불리는 에이치가 미쓰비시의 이와사기 야타로가 '우리 둘이 합치자'고 했을 때 한 멋진 말입니다. 사람들은 이익을 쫓는 동물임에는 틀림없으나 어떤 사람들은 나눔도 이익만큼이나 중요하게 생각합니다. 그러기에 삶이 아름다워지고 더불어 사는 것이 무엇인지를 깨닫습니다. 세상이 살만한 곳이라는 기쁨은 나 혼자 살아가는 것이 아니라 함께 조화롭게 살아가는 것에서 느낄 수 있습니다. 행복에는 나눔이 담겨있는 것입니다. 가족이라고 할 때 가장 먼저 떠오르는 것은 사랑과 공유라는 개념인데, 내 것과 다른 사람 것을 칼같이 나누기보다는 서로 상대를 배려하며 더불어 살아가는 것입니다. 콩 한 쪽도 나누어 먹고, 좋은 것은 함께하며,

——— 박구환 **Recollection L70719** 2017 | Oil on canvas | 80.3×116.7cm ———

슬픔과 괴로움은 나누어 더는, 살림의 공동체가 가족인 것입니다. 남의 것을 빼앗아 자신의 이익을 챙기는 데 혈안이 되어 전쟁처럼 만인과 만인의 투쟁이 어지러운 사회는 지옥 같습니다. 재화財貨의 독점은 세상을 지옥으로 만들고, 나눔은 천국으로 만드는 바탕이니 공평한 나눔으로 건강한 사회를 만드는 일은 행복한 지상천국 건설에 앞장서는 일입니다.

여러분은 이익을 볼 때 올바름을 생각하시나요? 저는 올바름이 이익을 얻을 때 분배의 공평함과 함께 가야 한다고 봅니다.

함께 노력하고 상대의 고마움을 알며 공평하게 나누는 아름다운 사회를 만들어야겠습니다. 자신의 이익에 더 솔깃할 수 있지만 더 행복하고 통 큰 공동체의 형성을 위해서는 나누어야 합니다. 힘들지만 실천해보실까요?

# 순수한 어린 시절의
# 해맑음에
# 행복이 있습니다

삶에서 가장 순수했던
어린아이 시절로 돌아가라.

✚ 나단 사와야

　뉴욕에서 활동하는 변호사이자 브릭 예술가인 사와야는 5살
에 시작한 브릭 아트를 복잡한 일에 휩싸일 때도 흠뻑 빠져 상
상력과 자유로움을 즐겼습니다. 그의 경험을 담은 한마디가 공
감을 줍니다. 처음 볼 때 루소의 '자연으로 돌아가라'라는 메시
지가 함께 들렸고, 순수하고 착한, 때 묻지 않은 영혼의 목소리
가 들리는 듯했습니다. 어른이 되면서 순수하고 단순하던 마음
이 점점 복잡하게 얽혀지는 것을 느낄 때 삶의 기쁨은 사라져
갑니다. 도덕과 윤리, 체면과 위신이 아주 필요 없다는 것은 아
니지만 그것이 진솔眞率함을 사라지게 하고 저를 위선의 편으
로 몰아가는 것 같아 복잡해지고 때로는 멍한 상태에 빠집니다.
'순수한 움직임과 솔직한 표현은 나이에 걸맞고 나잇값은 하고

박구환 **In full bloom M220118** 2022 | Oil on canvas | 116.8×91cm

있는가? 예의에 벗어나는 것은 아닌가? 혹시 시대의 상황에 비추어 비도덕적이지 않나?' 하며 늘 세심히 살피고, 감시당하고 있지 않은지 두려워합니다. 이런 것들이 세상을 앞서나가는 것에 불안감을 줍니다. 늘 비상사태에 있거나 아니면 무기력에 빠져있으며 순수한 생동력은 찾아보기 힘듭니다.

여러분도 어린 시절의 해맑은 마음으로 돌아가고 싶으시지요? 천박한 자본주의 윤리에 지배받지 않고 상대를 순수한 길동무로 여기는 아름답고 따뜻한 행복이 있던 시절로 말입니다. 물론 잔악한 어른들에게 순수성을 상실당한 기억도 있겠지만 외부의 통제를 빼면 여전히 어린 시절이 순수했던 소중한 시절임에는 분명합니다. 어른이 되어도 평가와 판단을 미루는 순진무구한 마음을 간직한 사람으로 살고 싶습니다.

# 건강해야
# 행복합니다

건강이란
질병이 휴가 간 상태다.

✛ 헬무트 발터스

독일의 과학자 발터스의 이야기는 아프지만 않고 살면 된다
고 생각하여 질병 치료에만 몰두하는 현대의학에 보내는 경고
일 수도 있습니다. 건강하지 않고는 행복할 수 없습니다. 몸에
는 병을 부르는 혐오스럽고 해로운 세포와 면역체들이 함께 있
는데 질병은 당신이 건강을 위해 쉬어야 한다고 보내는 신호일
것입니다. 피곤하면 잠도 자고 쉬어야 하는 것이 당연한데 욕심
과 경쟁의식이 제대로 쉬지 못하게 조종합니다. 질병이 내 몸과
마음의 주인 노릇을 합니다. 건강이란 몸과 마음이 편안하고 튼
튼할 때 쓰는 말이지 질병이 없는 상태를 뜻하지는 않습니다.
질병에 걸렸을 때 치료방법은 의사가 더 많이 알지 모르지만,
자신의 몸과 마음의 상태는 관심을 기울이면 스스로 더 잘 관찰

하고 느낄 수 있습니다. 의사도 환자에서 문진問診하고 검사를 해서 진단할 뿐 스스로 가진 기발한 능력으로 아는 사람은 거의 없습니다. 지치고 힘들 때는 원인을 찾은 뒤 달래서 휴가를 보내야 합니다. 많은 질병은 식생활이나 무리한 업무에 따른 피로와 스트레스의 영향을 받습니다. 마음을 편히 하고 지쳐서 병든 몸을 측은히 여겨 휴가를 주는 여유가 필요하고, 질병도 잘못 살아온 결과물이니 멀리 휴가를 보내야 합니다. 질병이 휴가를

가서 쉬게 해야 건강한 회복이 시작됩니다.

　여러분은 건강하십니까? 건강은 질병이 없는 상태나 질병에서 회복된 소극적 차원이 아니라 몸 마음 영혼이 평안하고 튼튼할 때 쓸 수 있는 말이며, 건강하게 사는 것은 스스로 결정에 달렸습니다. 질병이 휴가를 가면 건강한 삶을 위해 먼저 생활습관을 고쳐야 합니다. 튀기고 볶아 고소하고, 설탕을 많이 넣은 단맛과 고기 중심의 패스트푸드와 인스턴트 식품을 멀리하고 곡·채소를 위주로 하는 슬로푸드와 집밥으로 적게 먹고, 물을 많이 마시고, 천일염을 볶은 좋은 소금을 늘 쓰며, 규칙적으로 운동하고, 즐거운 생각과 여유 있는 마음을 가지는 것입니다. 건강을 잃은 뒤에 후회하지 말고 나날의 실천으로 습관을 만들어야 질병을 영원히 휴가를 보낼 수 있습니다. 건강은 행복의 원천입니다.

# 행복은 무언가를
# 사랑하는 데서
# 싹틉니다

행복이란 자신에게만 머물지 않는
다른 무언가를 사랑하는 데서 싹튼다.

✦ 윌리엄 조지 조던

행복은 아리스토텔레스의 말처럼 모든 사람이 바라는 최종 목적지입니다. 문제는 행복에 집착할수록 점점 멀어진다는 사실입니다. 뭘 얼마만큼 소유해야 얻을 수 있다는 객관적 지표가 있는 것도 아니고 자신이 부족하다고 느끼고 생각하는 한 여전히 불행합니다. 분명한 것은 자신의 욕구에 얽매이지 않고 다른 사람을 보살피는 사람은 행복에 이르는 지름길로 가는 중입니다. 행복은 최소한의 물질적 조건이 갖춰져야 하지만 더 중요한 것은 솔선수범率先垂範하여 베풀고, 자기 이익에 얽매이지 않고 다른 사람과 잘 나누며, 자신의 권위를 기꺼이 넘겨주며, 질서와 순리를 알고, 동고동락하는 정신이 있으면 됩니다. 이기적이면 행복의 주인이 될 수 없고 이타적으로 베풀 때 비로소 얻을 수

박구현 **In full bloom SL90211** 2019 | Oil on canvas | 170×80cm

있는 축복입니다. 나를 이해해 달라기보다 상대를 먼저 이해하고, 이익을 찾을 때는 상대의 이익도 같이 헤아리는 것이 '더불어 같이'의 행복입니다.

맛있는 음식을 먹거나 좋은 것을 가졌을 때 또는 즐거운 시간이나 장소에 있을 때, 알 수 없는 행복감이 올 때 사랑하는 사람과 나누고 싶은 생각이 떠오르는 사람은 행복합니다. 행복은 같이하고 나눔으로서 얻을 수 있습니다. 자신이 가지지 못하고 이해받지 못함을 늘 서운함을 느끼는 사람은 불행합니다. 부끄럽게 저도 가끔 그렇습니다. 제가 마음대로 할 수 없고 이해받지 못했다는 마음이 올라올 때, 시기와 질투, 분노가 지금 여기의 행복한 삶을 망쳐버립니다. 어리석은 짓이지요. 행복은 다른 무언가를 사랑하는 데서 오는 것이라는 것을 명심하겠습니다.

# 누군가에 베푼
# 작은 너그러움이
# 서로의 행복이 됩니다

때때로 내가 베푼 아주 작은 너그러움이
누군가의 인생을 바꿔놓을 수 있다.

✦ 마가릿 조

　한 때 '사소한 것의 힘'이 사람들의 입에 회자膾炙되었습니다. 심지어 단무지 하나 때문에 큰 싸움이 일어난다는 유머까지 나왔지요. 사소함에 목숨을 거는 것인데, 세상은 큰일이 모든 것을 좌우하는 것 같지만 실제로는 작은 일들이 크게 힘을 미치는 경우가 많습니다. 사소한 일을 대할 때 '그깟 일을 가지고 야단법석이냐.'라고 나무라고 충고도 하지만 당하는 사람은 큰일일 수 있습니다. 자신에게는 사소할 수 있지만 상대에게는 큰일일 수 있기에 작은 친절과 격려의 한마디는 상대가 어려움을 이겨내고 세상을 바꿀 정도의 힘을 내게 만들기도 합니다.

　일상日常이 행복과 즐거움의 연속이면 좋으련만 그렇지 못한 경우가 많아 허드렛일 하나도 마음을 괴롭히고 쉽게 좌절하게 됩니다. 좀 벌레가 큰 기둥을 쓰러뜨리는 일과 비슷하지요. 실패와 좌절과 더불어 기분이 내려가 실망에 빠져있을 때 누군가의 힘을 주는 한마디, 따뜻한 밥 한 그릇과 양보와 배려가 따른 베풂, 따뜻하게 안아주는 것 등은 활기를 주고 희망의 씨앗이 됩니다. 저도 잘못을 많이 하고, 용서받을 때 행복하면서도 상대의 작은 잘못에 버럭 화를 내고 후회한 적이 많은데 제 '마음 그릇'이 옹졸한 것을 알아차림 합니다.

어떠신가요? 저처럼 가르치는 사람은 상처를 쓰다듬어 따뜻한 영혼의 지렛대이자 치료자의 역할을 해야 하는데 그러지 못했음을 반성합니다. 상대의 마음을 헤아리고 따뜻하게 안아주는 너그러움을 길러가겠습니다. 작은 일로 제가 알지 못하는 사이에 상처를 준 모든 분들께 용서를 빕니다. 좀 더 민감하게 상대를 배려하는 따뜻함을 기르겠습니다.

# 행복은 지금 여기를
# 소중히 여기는
# 시작과 바람의 문제입니다

행복은 어떻게 끝을 맺느냐 하는 것이 아니고
어떻게 시작하느냐의 문제다.
또 무엇을 소유하느냐가 아니라
무엇을 바라느냐의 문제다.

✚ 로버트 루이스 스티븐슨

「보물섬」과 「지킬박사와 하이드」의 저자 스티븐슨의 행복론은 욕망의 충족을 행복으로 착각하며 사는 우리에게 목적을 좇는 동기와 소망이 아름다워야 함을 깨우칩니다. 사람마다 다르겠지만 '결과가 좋으면 다 좋다'는 마음으로 수단과 방법을 가리지 않고 목적을 이루는 데만 온 신경을 기울이는 것은 여행할 때 과정의 즐거움과 의미는 무시하고 도착지에 가는 것을 '여행을 잘 했다.'고 여기는 것과 비슷합니다. 어떤 마음으로 여행을 시작했고 무엇을 바라느냐가 중요한 것처럼 행복도 마찬가지입니다.

저는 행복은 나날의 과정을 귀하게 여기는 긴 여정이라 봅니다. 출발의 기대를 마음속에 간직하며 동행同行이 있다면 그들

박구환 **Recollection M220207** 2022 | Oil on canvas | 80×88cm

도 행복하게 함께할 수 있기를 바랍니다. 소유는 나눔을 전제로 하지 않으면 썩어서 쓸모없는 쓰레기가 됩니다. '지금' 가치 있는 존재로 산다는 것 자체가 행복입니다. 소유의 집착은 불만족을 낳고, 근심과 걱정을 낳아 불행을 부릅니다. 무소유를 실천하기는 어렵지만, 나날의 삶이 축복이라고 보면 소유의 집착에서 벗어나고, 소유에 매달리지 않으면 걱정과 근심을 털고, 걱정과 근심이 없으면 바라는 것이 소박해져 자유를 흠뻑 누릴 것입니다. 지금 여기에 머무르며 생각하고 꿈꾸는 것이 오늘이고 내일이니 얽매이지 않고 이 순간에 성실하고 즐기는 것이 행복의 시작이자 끝입니다. 목적은 쓸모를 돌아보게 하고, 희망은 지금을 소중히 여길 때 행복으로 다가옵니다.

# 행복한 사람은
# 비교와 그로 인한 질투도
# 없습니다

질투는 언제나 타인과 비교해서 생기며
비교가 없는 곳에 질투도 없다.

✚ 프랜시스 베이컨

질투와 열등감이 때로는 자신을 성장시키는 계기도 되지만 대부분은 초라하게 하고 관계를 불편하게 하여 행복을 가로막습니다. 그 중 하나가 자신의 일에 만족하지 못하고 자신감이나 자존감이 떨어질 때 나타나는 비교에 따른 열등감입니다. 자신에 대한 불만과 공격이 상대에게 향하고 증오를 낳아 자신과 상대를 수렁으로 몰고 가기도 합니다. 저를 포함한 많은 사람들은 자신감이 떨어질 때 상대와 비교하여 자신을 평가하는 경향이 있고, 스스로 '이만하면 최선을 다했고, 괜찮아'라는 평가를 하는 것을 머뭇거립니다.

저는 스스로는 물론, 만나는 사람들에게 '나는 소중한 사람이고 세상에 꼭 필요한 존재다'라고 주문을 외듯 하라고 합니다.

사람은 남녀노소, 지위고하를 넘어 이 세상에서 자신이 가장 귀한 존재입니다. 내가 가지지 않는 것을 가졌다고 해서 나보다 나은 존재라고 믿는 것처럼 바보와 같은 생각은 없습니다. 스스로 잘 들여다보면 남에게는 없는 장점이 많은 것을 알게 됩니다. 저부터 제 장점을 더 계발啓發하려고 노력하며 상대와 비교하여 열등감을 느끼고 질투하는 어리석음은 범하지 말아야겠다고 다짐합니다.

여러분은 남과 비교하여 우월감을 가지시나요, 아니면 열등감과 질투가 마음을 어지럽히나요? 우월감도, 열등감도, 질투도 행복하고 온전한 사람이 되는 길의 걸림돌입니다. 우월감속에 겸손을, 열등감을 넘어설 용기로, 질투를 존경과 배움으로 승화시킬 때 아름다운 공동체의 길이 열립니다. 자신의 어리석음을 깨닫고 새로이 거듭날 때 행복의 문이 열립니다.

박구환 **Recollection M200213** 2020 | Oil on canvas | 40.9×53cm

# 내면의 아름다움을
# 보는 사람은
# 행복합니다

별들이 아름다운 것은
눈에 보이지 않는 한 송이 꽃 때문이야.
별들을 바라보는 것만으로도 난 행복할 거야.

✚ 생택쥐페리

「어린왕자」를 읽으며 내면의 세계를 통찰해보지 않은 사람은 없을 것입니다. 존재의 순수성과 존귀함을 많은 은유隱喩를 통해 전해주기 때문입니다. 저를 비롯해 많은 사람들이 물질과 감각세계에 갇혀 살면서 현상계現象界의 노예로 삽니다. 진정한 가치와 의미를 깨닫지 못하고 드러난 사실과 사건에만 중점을 두어 안팎이 다른 세계에 익숙해져 살아가기에 생활이 어지럽고 정신이 흐린 채 하루하루를 삽니다. 이때 제 마음을 일깨우는 말이 위 구절입니다. 저도 한때 폼생폼사로 사람을 판단하고 평가하였고 지금도 완전히 버렸다고 볼 수는 없지만, 드러난 것으로만 사람을 보지는 않게 되었고, 작위적인 잣대로 사람을 평가해서는 안 된다는 것을 터득하였습니다. 이제는 완전히 알 수는

─── 박구환 **Recollection SL220125** 2022 | Oil on canvas | 97×162.2 ───

없지만, 상대의 내면적 아름다움을 보려는 행복한 마음을 갖게
되었습니다. 누구에게나 내면에 귀한 측면이 있는데도 세속화
된 사람들에게 외면당하고, 상품화되고 규격화된 미의 기준에
따라 뒤틀린 시각을 갖게 됩니다. 어리석음은 감각적 편견에서
벗어나지 못하고 더 이상의 것을 보지 못한 데서 옵니다. '별들
이 아름다운 것은 단순히 별빛이 아름다운 것이 아니라 눈에 보
이지 않는 한 송이 꽃이 있기 때문이다'는 의미심장한 말을 되
새겨야 합니다. 눈앞의 미인은 피부 한 껍질에 불과하지만, 내
면의 아름다움이 있다면 세월이 지나 주름진 얼굴을 바라보아

도 아름답고 보는 사람도 행복한 법입니다.

저의 세상을 보는 눈도 세월을 거치며 외적 감각에 머무르지 않고 내면의 아름다운 모습까지 보았을 때 행복했습니다. 얄팍한 감각과 왜곡된 시각이 저를 어리석게도 하지만 소유가 아닌 존재에 머무르면 얻어지는 행복이었습니다. 이유가 있어서가 아니라 그냥 아름다운 행복입니다. 여러분은 어떠신가요? 그런 대상이 있어 행복하신가요? 저도 똑같습니다만 여러분도 감각에 사로잡히지 않고 심안心眼으로 아름다운 내면을 발견하는 행복을 누리시길 빕니다.

CHAPTER 2

행복은
자신에게
달려있습니다

— 서지영 **Sunflower** 2021 | acrylic gouache on Korean paper | 39 × 42cm —

# 서지영

세종대학교 회화과 졸업. 개인전 및 초대전 21회, Sydney블루밍展 K-ART한
국 호주 아트페스타 외 단체전 100여회를 비롯해 Hong Kong Contemporary,
SOAF 등 국내외 아트페어에 다수 참여하였다. 일상 속 소재들은 작가의 내면
에서 시지각에 의해 재해석되어 상징성을 부여한 각각의 이미지가 된다. 재창출
된 이미지들은 자연과 주관적인 정서가 맞닿는 이상 세계를 만들어내며, 위안을
얻고 행복에 머문다. 가던 길을 잠시 멈춰서 대상을 심미적으로 바라보는 경험
에서 얻은 우연한 선물을, 또다른 산물로 작업하는 표현방식이다.

# 좋은 생각이
# 행복하게 합니다

좋은 일을 생각하면 좋은 일이 생긴다.
나쁜 일을 생각하면 나쁜 일이 생긴다.
여러분이 온종일 생각하고 있는 것 바로 그것이다.

✛ 조셉 머피

　우연한 일이 불리하거나 잘못된 방향으로 흐를 때 '잘못된 것
은 원래 그런 것'이라는 머피의 법칙을 말하는 에드워드 머피와
는 다르게 조셉 머피는 잠재의식과 긍정적 사고의 중요성을 말
합니다. 조셉 머피는 남아일랜드 출신의 '신만 있고 마귀는 존
재하지 않는다.'고 말하는 신성과학의 성직자이자 작가입니다.
우리나라에도 그의 저서 「당신도 부자가 될 수 있다」, 「잠재의식
의 힘」이 번역되어 보급되었습니다. 좋은 일이 일어날 거라고
좋게 생각하며 하루를 시작하는 것은 누구나 할 수 있으나 하
지 않는 사람이 많습니다. 슬프고 힘들었던 시련과 실패의 경험
이 오래 상처로 남아있고 그것이 긍정적 결정을 가로막습니다.
어려움과 실패의 반복은 자존감과 새로운 일을 시작할 자신감

을 뺏어가서 부정적 생각을 굳히고 실패를 연속하게 합니다. 그럴 때 마음속에서 좋은 생각이 떠오르면 새로운 행복의 시작이고 문제를 푸는 열쇠가 됩니다. 저도 그랬습니다. 절망적인 생각이 들 때는 모든 것이 두렵고 부정적이었는데 곰곰이 생각해보니 가끔 오는 절망과 시련은 제 영혼과 마음을 다시 맑게 하는 바탕이 되었습니다. 본인의 삶은 자기자신 마음먹기에 달려 있지 않나요? 스스로 생각한 바가 여러분의 삶을 결정짓지 않을까요?

—— 서지영 **조화로운 정원-利園7** 2019 | acrylic gouache on Korean paper | 45×50cm ——

# 마음을 펼쳐야
# 행복합니다

마음과 낙하산은
펼쳐지지 않으면 소용이 없다.

✦ 프랑크 빈센트 자파

'비틀즈'에 영향을 미치고 '고급'과 '저급'문화의 차이를 없애
는데 앞장선 미국의 작곡가이자 기타리스트요 탈근대주의자인
자파의 말은 '내 맘 알지?'하며 숨겨진 마음을 이해해달라고 떼
쓰는 사람에게 꼭 들려주고 싶습니다. '열 길 물속은 알아도 한
길 사람 속은 모른다.'라는 말처럼 '원래 제 속마음은 따뜻한 사
람입니다'라고 해도 내보이지 않으면 알 수도 없고 이해하기 어
렵습니다.

낙하산이 제 기능을 하려면 펼쳐져야 하듯이 우리 마음도 상
황에 적절하게 작용해야 합니다. 상황에 맞지 않게 마음을 펼
치거나 아무 것도 보여주지 않고 '저는 그런 사람이 아닙니다'
라고 하면 생뚱맞아서 누가 이해하고 수용할 수 있을까요? 물

론 스트레스 상황이거나 감당할 수 없는 상태에서는 마음이 오염되어 자신의 뜻과 다른 마음을 펼칠 수도 있지만, 그것은 단지 예외일 뿐입니다. 더 깊이 들어가면 평소에는 가면을 썼다가 진짜 마음이 드러난 것일 수도 있습니다. 진실로 자신의 마음을 펼치는 것이야말로 가끔의 갈등은 있다 치더라도 모두가 친밀하게 살 수 있는 바탕입니다. 소통은 말뿐만 아니라 진실한 마음과 마음을 나누는 것이며, 진실한 소통은 서로를 행복하게 하는 명약입니다.

　여러분은 마음을 진실하게 펼치시나요? 아니면 펼치고 싶으나 대상이 없고 두려우신가요? 아름답고 행복한 세상은 자신의 마음을 자연스럽게 트는 사회입니다. 마음을 따뜻하게 펼치는 즐겁고 행복한 날을 만들어보실까요?

# 정치는
# 시민의 행복을 위해
# 있습니다

정치란 백성의 눈물을
닦아주는 일이다.

✛ 자와할랄 네루

　네루는 간디의 추종자로 인도 독립투쟁의 상징이며, 평가는
엇갈리지만 종파를 넘어 사회주의정책과 민주주의 정치제도를
표방한 '네루주의'라는 비전으로 독립 인도의 초대 총리로 17년
을 이끈 지도자입니다. 성공 여부를 떠나서 그는 브라만이라는
귀족 신분을 이면서도 열정적인 사회주의 신념으로 평등을 실
현하려고 노력했습니다. 이러한 정치적 과정에서 나온 신념 중
하나가 '정치란 백성의 눈물을 닦아주는 일이다'란 말입니다.

　그의 말에 동감하며 많은 반성과 함께 지금의 정치를 반추反
芻해봅니다. 공자는 노나라의 실권자인 계강자가 정치에 대해
물을 때 '정치는 올바름 자체니 당신이 올바름으로 솔선수범한
다면 누가 부정을 하겠는가? 지도자가 탐욕을 부리지 않으면
도둑질하지 않는다', '선을 좇으면 백성도 선해진다.', '곧 지도

—— 서지영 **조화로운 정원-利園3** 2018 | acrylic gouache on canvas | 80×160cm ——

자 자신의 몸과 마음을 바르게 하는 것이다'라고 하였는데, 누군가를 이끌려면 스스로 먼저 다스려야 하는 것이지요. 네루는 한 걸음 더 나아가 자신이 귀하게 생각하고 좋아하는 것을 앞세운 것이 아니라 백성(시민)의 입장에서 생각하고 배려하라고 합니다. 역지사지의 교훈처럼 지도자에게 좋은 것이 백성에게 꼭 좋은 것이 아니라는 것을 명심하고, 백성의 뜻과 바람이 무엇인지를 순수한 마음으로 살피면서 그들을 위한 정책을 펴야 합니다. 정치는 시민을 행복하게 하기 위해 있는 것이니 본질을 잊으면 안 됩니다. 자신의 영달을 위해 백성을 이용해서는 안 됩니다.

제 삶을 돌아보니 부끄럽게도 상대를 위한다고 하면서 제 입장과 좋아하는 것을 상대에게 은근히 또는 강하게 강요한 적이 있었고, 그것을 정당하게 여기며 상대를 깔보고 무시하기도 했습니다. 주인으로 모셔야 함에도 지배하려는 잘못을 저지른 것으로, 소인배의 전형입니다. 참 부끄러운 일입니다. 올바른 지도자는 자신의 입장과 생각을 강요하는 고집쟁이가 아니라 상대의 입장을 잘 듣고 특히 아픈 사람들이 있다면 공감하고 치유하는 정치를 펴야 하는 것입니다. 정치지도자뿐만 아니라 저를 비롯한 모든 공동체와 단체의 지도자는 네루의 말을 늘 가슴에 새겨야 하겠네요.

# 행복은
# 마음속에 자리 잡은
# 보물입니다

**스스로 행복하다고 생각하지 않는 사람은
행복하지 않다.**

✛ 퍼블릴리어스 사이러스

　동서양을 떠나 '모든 것이 마음먹기에 달려있고 마음의 조화가 중요하다.'는 것은 마찬가집니다. 몽테뉴도 '모든 행복과 불행은 나의 마음가짐에 달렸다.'라고 했듯이, 불행하고 힘들어도 희망을 갖고, 시련을 자신이 단련되고 성장할 기회로 여기는 사람에게는 행복이 떠나지 않습니다. 실패를 이겨낼 용기와 열정이 함께 하기 때문입니다. 자신을 믿지 않으면 누가 대신할 수 있을까요? 행복은 '마음속에 자리 잡은 보물'입니다. 목표로 하는 일을 이루거나, 사물이나 지위나 사람을 얻는 것이 행복일까요? 사전에는 '자신이 원하는 욕망과 욕구가 충족되어 만족하거나 즐거움을 느끼는 상태'로 나와 있으니 바라는 것을 얻으면 행복이라 볼 수는 있겠지만, 이런 정의에 뭔가 허전함을 느낍니

서지영 **The secret Garden** 2013 | 한지에 채색 | 70×90cm

다. 어쩌면 배부른 뒤의 허전함이라고나 할까요? 외적인 기준이나 소유 측면에서 보면 바랐던 것을 이루거나 비교우위를 점했을 때 행복다는 이런 행복에 길들여진 사람들은 욕구가 끝이 없어 충분히 가졌음에도 늘 결핍에 괴로워하는 것을 저는 많이 봤습니다. 그래서 '행복'이라는 말은 다분히 주관적이며 자기주체적인 것임을 알 수 있습니다. 객관적 조건이 따로 있지 않은 것이지요. 법률이나 경제적 측면에서 행복을 좇는 것이 필요없다고 생각하는 것은 아니지만 그것은 그럴듯한 허상이고, 처한 상황과 자신의 마음에 따라 달라질 수 있다는 점입니다.

여러분은 무엇이 행복이라고 생각하시나요? 혹시 불행하시다면 무엇 때문이신가요? 원인을 철저히 들여다봐야 행복으로 가는 길이 보입니다. 쉽지 않은 깨달음이겠지만 괴로움에서 벗어나 온전한 행복을 얻기 위해 자기 마음을 들여다보는 일에도 부지런할 필요가 있겠네요.

# 감사는 고난의 포장을 열고
# 행복이라는 선물을
# 받게 합니다

고난이라는 포장을 열 수 있는 열쇠는
바로 감사하는 마음입니다.
감사하는 마음으로 아름답게 살아간다면
고난이라는 포장을 열고
행복이라는 선물을 받으실 수 있을 거예요.

✚ 최성균(미래복지경영 회장)

최성균 회장에 대해서는 초창기 우리나라 복지협회를 이끈 분이라는 사실밖에 모르나, 위에 인용된 글은 고난에 처해 있는 사람에게 한 줄기 빛이 될 수 있습니다. 많은 사람은 여러 위기와 고난에 처할 때 보통의 경우는 대상과 상황을 원망하거나 신세한탄을 할 것입니다. 저의 경험으로는 대상과 상황에 퍼붓는 증오와 한탄이 잠깐의 위로가 될 수 있으나 마음을 갉아먹어 패배자로 서게 했습니다.

삶에 고난이 없다면 감사도 평화도 기쁨과 행복도 없습니다. 위기와 고난이 오면 성급한 사람들은 얼른 고난을 피하거나 곧바로 문제를 풀려고 애쓰다가 오히려 어려운 덫에서 헤어나지 못하고 갇히고 맙니다. 현명한 사람은 위기와 고난의 원인을 자신에서 찾고 부족함을 반성하고 새로운 여정을 시작하며 변화를 시도합니다. 그중 하나가 감사하는 마음입니다. 하루하루가 기적처럼 감사한 일임에도 우리는 그것을 잊고 더 많은 욕심을 부리다가 위기와 고난을 맞는데, 많은 '지금의 선물들'에 감사해보면 행복이 시작됩니다.

지금 행복하시나요? 아니면 고난을 만나 불행하시나요? 감사의 일기를 써보세요. 자신에 대한 미움이 사라지고 고난의 대상이 바뀌기 시작합니다. 인간은 어쩔 수 없는 사회적 존재니까요. 고난의 자물쇠를 여는 감사의 마음이 아름다움과 행복을 부릅니다. 여러분이 계셔서 너무 좋습니다.

서지영 **함께 머무는 자리** 2016 | 한지에 분채 | 80×50cm

# 친절한 행동은
# 자신과 상대를
# 행복하게 합니다

친절한 행동은 아무리 작은 것이라도
절대 헛되지 않는다.

✚ 이솝

저도 가끔은 '친절하게 대해주시면 안 돼요'라는 말을 듣습니다. 익숙하게 친한 사람에게 친하다는 핑계를 들어 마구 함부로 말하는 습관이 저의 알아차림과는 상관없이 있나 봅니다. 제 뜻과는 별개로 상대가 상처까지 받은 적이 있다고 고백을 하였습니다. 생각해보면 저도 상대가 기분 좋은 말로 대하면 너무 행복해 합니다. 말을 비롯해 모든 친절한 행동은 기쁨을 줍니다. 돌아보면 저에게 소중하고 행복했던 순간은 어떤 대단한 것을 성취했을 때 못지않게, 사소하지만 저를 이해하고 배려해준 친절한 행동이었습니다. 상대에게 고마워하면서도 제 가슴에 올라온 감동이 힘있게 사는 에너지가 되었고, 그 마음은 반드시 다른 사람에게 전달되는 마력魔力이 있었습니다. 실수했을 때도 따듯한 미소로 '그럴 수도 있지. 실패하며 크는 거야. 삶에서 배운 지혜를 귀하게 여겨'라며 배고프고 힘들 때 용돈도 주고 밥도 사주면서 '나한테 갚을 필요 없어. 너는 틀림없이 성공할 거야. 성공하면 너보다 힘들고 어려운 사람에게 베풀면 그것이 나에게 갚는 거란다'라고 하신 여러 어르신의 말씀이 지금도 귓가에 쟁쟁합니다. 친절은 아무리 사소한 것일지라도 절대 헛되지 않고 귀한 자산과 에너지가 됩니다. 어떤 것을 받아들이지도 못하고 분노하며 상대를 비난하거나 나무라는 저의 모습을 많이 반성합니다.

친절을 받거나 베푼 기억이 많으시지요? 그것은 삶에 어떤 영향을 끼쳤나요? 저는 친절이 삶의 원동력과 반성의 자료가 되었습니다. 기분 좋은 기억은 웃음을 주고 살아가는 존재의 의미를 드높입니다. 저에게 친절을 베풀어주신 분들께 다시 감사를 드립니다.

서지영 **사색** 2019 | acrylic gouache on Korean paper | 38×42cm

# 함께 있기에
# 행복합니다

우리가 함께 있기에
내가 있다.(UBUNTU)

✚ 아프리카 격언

'우분투!', 제가 좋아하는 말 중 하나입니다. 우린 경쟁에 사로잡혀 자신이 이겨 모든 것을 차지하는 것을 최고라 생각합니다. '더불어 함께'를 모르는 어리석은 인간들은 우분투의 진정한 의미를 알기 어렵지요. 내가 전부를 가졌을 때 다른 사람의 가난과 상대적 열등감, 그리고 슬픔을 모르지요. 다른 사람의 상대적 박탈감을 모르는 비정한 사람은 이 지구상에 같이 살 자격이 없습니다.

저도 한때는 제가 우주의 중심이라고 생각하고 오만했습니다. 상대를 무식하다고 생각하고 어리석다고 무시했고, 지금도 어떤 경우에는 나도 의식하지 못하는 사이에 편리하게 쓰기도 합니다. 우월감은 어찌 보면 열등감의 다른 표현에 불과합니다.

다른 사람의 아픔을 포용하지 못하는 우월감은 자신의 열등감을 드러내지 못하고 비겁하게 감추고 포장을 하는 것입니다. 마치 자신의 용기없음을 감추기 위해 악을 쓰는 행위의 위선과 같습니다. 더 큰 사람은 모든 것을 수용하고 함께할 수 있는 그릇을 가져서 늘 여유가 있고 따뜻합니다. 자기만 사는 것이 아니라 함께 하는 사람이 있기때문에 그의 모습은 아름답고 이기심과 질투와 시기와 욕심이 없어 평화롭습니다. 함께 나누면 해맑은 즐거움이 함께합니다.

혹 우분투를 아시고 실천하시나요? 부끄럽지만 저는 최고의 행복으로 알지만, 가끔 실천하지 못해 부끄럽습니다. 저에게 우분투는 삶의 근본이기에 저만 위하는 이기심에 빠지지 않겠습니다. 여러분이 있어 행복하고 감사합니다. 저도 여러분의 그런 존재가 되고 싶습니다.

— 서지영 **Take out the memory** 2015 | acrylic gouache on Korean paper | 65×53cm —

# 감사는
# 삶을 풍족하게 하는
# 행복입니다

감사하기는 삶을 더 풍족하게 해주는
확실한 방법이다.

✚ 마시 시오프

　세상을 어떻게 느끼고 해석하느냐에 따라 삶의 질은 달라집니다. 특히 나날이 축복이라고 감사하고 살면 기쁨이 넘쳐 행복한 법입니다. 부정적인 사는 사람들은 좋은 점을 먼저 보는 것이 아니라 나쁜 것을 보면서 부족함에 불만과 불평을 합니다. 불가佛家에 '일체유심조一切唯心造'란 말이 있는데, '모든 것은 마음이 지어내서 비롯된다'는 말입니다. 세상을 볼 때도 마음의 눈인 '심안心眼'으로 본다는 것입니다. 모든 사물의 아름다운 가치는 보는 사람이 사물 자체를 낱낱이 잘 알아서가 아니라 자신이 평가하고 판단한 것에 딱지를 붙인 것에 불과합니다. 필터링하여 자신의 틀로 본 것이지요. 제대로 본다는 것은 매우 어렵고 힘든 일입니다. 먼저 치우친 생각이 형성되지 않은 바보 같은 상태에서 세상을 보아야 합니다. 바보도 점차 선호選好가 생기고 오염은 되겠지만 그나마 선입견先入見으로 비틀지는 않을 것입니다. 마치 외계에서 온 화성인처럼 있는 그대로 관찰할 것이니 감각의 한계는 있겠지만 마음에 의한 왜곡은 없을 것입니다. 세상을 좋게만 봐도 치우친 것일지 모르나 부정적으로만 보는 것은 불행을 부르고 불신에 찬 세상을 만들 것입니다. 나날이 보석과도 같고 신비로 가득 찬 기적이란 생각이 우러나는 감사가 있다면 마음의 풍족함으로 넘치는 삶이 될 것입니다. 저는 '바보같다. 미친놈이다. 세상을 모른다. 헛살았다'는 소리를 들어도 감사가 넘치는 세계에 살고 싶습니다. 감사가 행복의 세계를 여는 열쇠입니다.

여러분은 나날이 감사로 충만하신가요? 아니면 욕구를 채우지 못해 불평불만이 많으신가요? 마음속에 천국과 지옥이 있습니다. 이 지상에 마음속 천국이 있음에 감사하며 사시게요.

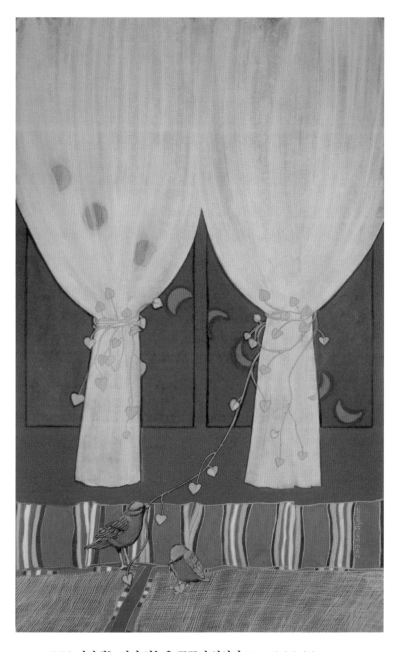

—— 서지영 **파랑새는 파란 하늘을 꿈꾸지 않았다** 2013 │ 한지에 채색 │ 80×50cm ——

# 필요한 것이
# 자기 안에 있음을 아는
# 지혜로운 사람은 행복합니다

지혜로운 사람은 필요한 모든 것이
자기 안에 있음을 알고 자기를 고치려 한다.
그래서 누구에게 화낼 일도 없다.

✦ 레프 톨스토이

　지혜로운 사람은 세상에서 자신이 가장 소중하며 그만큼 자신에 대해 책임을 져야 함을 잘 알고 있습니다. 어떤 일을 행하고 이루는데 다른 사람의 도움이 필요하지만 도움을 받을 수가 없기에 일을 할 수 없다는 핑계는 건전하지 못합니다. 자신을 개선하고 성장시키는 가장 큰 힘은 스스로 해야만 하는 노력이기에 누가 도와주지 않는다고 불평하거나, 화를 내지 않습니다. 옛 성현들이 '마음의 그릇이 커야 한다'라고 하셨는데 이제야 그 뜻을 헤아리게 되었습니다. '마음 그릇'이 큰 사람은 모든 것의 시작과 끝이 자신의 책임 아래 있다는 것을 알뿐만 아니라 잘못했을 때는 인정하고 받아들이며 고칠 능력이 있을 뿐만 아니라 자기자신의 능력을 다른 사람에게 나누어 주는 어진 마음도 있습니다. 그 어진 마음도 자신의 힘을 내보이려는 것이 아니라 '오른손이 하는 일을 왼손이 모르게 하는' 것처럼 조건 없는 사랑을 베푸는 것입니다. 그러기에 다른 사람에게 '너 때문에 일을 그르쳤어'라고 나무라거나 책임을 묻지 않습니다. 화를 내지 않는 것은 당연하고 오히려 상대의 약점을 감싸 안아주고 도와주려고 합니다. 톨스토이는 마음 그릇이 큰 사람이었고, 자신의 모든 것을 나누어 주는 박애博愛를 행하였습니다. 저의 삶을 돌아보니 제가 잘 살지 못하여 부끄럽습니다. 저도 여유가 있는 사람이 돕는 것을 당연하게 생각했고 그들이 도와주지 않으면 속으로 미워하고 화를 내기도 했습니다. '조금만 도와줘도 성공했을 텐데' 하면서 탓한 적도 있습니다. 스스로 저를 종의 신세로 만들고 자존감을 떨어뜨리는 우를 범한 것이지요.

여러분은 자신의 무한한 능력을 믿고 스스로가 성장의 주체임을 알고 계시지요? 스스로가 변화를 책임지는 주인임을 알고 '마음 그릇'을 닦아가 보실까요? 거기에 행복이 담겨있습니다.

서지영 **생성의 시작** 2019 | acrylic gouache on Korean paper | 42×38cm

# 행복은 자신에게
# 달려있습니다

행복해지고 싶다면
'그때 그랬더라면'이라는 말은 그만두고,
그 대신 '이번에야말로'라는 말로 바꾸세요.

✚ 스마일리 브랜튼

　　브랜튼은 미국의 정신과의사로 '고통이 와도 여전히 좋은 것
이 많다.'고 계몽하면서 노인성 질환 예방에 노력하고 있습니
다. 노인성 질환을 막기 위해서는 몸을 활발히 움직이고 정신적
성장을 위해 노력해야 하며, 다른 사람에게 관심을 받는 사람이
되라고 말합니다. 나이가 들어가면 의욕도, 희망도 점점 작아지
는데, 계속 가능성과 기대를 갖고 일을 해나가야 '그 때 그랬더
라면'이라고 후회하는 일이 없습니다. '지금이 가장 젊다'고 생
각하고 하고 싶고 좋은 것이면 곧바로 해야 합니다. 우리는 고
통의 순간이 오면 비극적으로 생각하며 좋은 측면을 생각지 않
는데, 곰곰이 생각해보면 고통 중에도 좋은 것이 있고, 좋은 시
간에도 나쁜 것이 들어 있을 수 있습니다. 그래서 '주역周易'도

나쁜 괘를 긍정적 변화의 시작으로 삼고, 좋은 괘는 하강下降의 시작으로 보아 경계합니다. '호사다마好事多魔'라는 말처럼 좋은 일에도 늘 안 좋은 일이 따르기 마련인데, 문제는 이를 대처하는 방식입니다. 완벽한 행복은 어디에도 없으며 긍정과 희망으로 해석하는 것과, 그것에 불안을 느끼고 부정적으로 보는 차이입니다. 어떤 조건이나 다른 사람에 의해 행복이 결정되는 것이 아닙니다. '행복은 자신에게 달려 있다'는 아리스토텔레스의 말을 잘 새겨야 하는데, 그것이 주체적이면서도 지혜로운 것입니다.

여러분은 행복해지기 위해 어떻게 하셨나요? 현재에 충실하며 즐기셨나요? 아니면 미래를 위해 현재를 희생하고 '그 때 그랬더라면'하면서 미련을 갖고 후회하시나요? 이제부터는 '지금이야말로 꼭 행하리라' 외치며 하고 싶은 일을 놓치지 말고 실천하는 사람이 되세요. 행복은 미래를 위해 지금을 희생하는 것보다는 '지금 여기'에서의 즐거움을 최고로 누리는 것이 중요합니다.

## CHAPTER 3

진정한 휴식은
행복의
원천입니다

—— 안태영 **할머니가 주신 왕사탕 20** 2019 | Oil on canvas | 33.4×53cm ——

# 안태영

호남대학교 예술대학 미술학과와 조선대학교 대학원 순수미술학과 졸업하고 신세계갤러리 초대전을 비롯한 4회의 개인전과 전남, 홋가이도 교류전을 비롯한 200여회의 2인전 및 단체전에 참여했다.

"책에 수록된 작품은 돌아가신 할머니의 유품 중 채송화가 수놓아진 옥양목 손수건은 알사탕을 떠올리게 했습니다. 할머니는 제가 학교에서 돌아오면 평소 아껴 두었던 알록달록 오색 알사탕을 그 손수건에 싸놓았다가 지긋한 미소를 지으며 건네주시고는 했습니다. 모든 것이 풍부하지 못하던 시절, 할머니가 저에게 해줄 수 있는 따뜻한 사랑의 표현이었습니다. 달콤한 추억으로 각인 된 알사탕은 자연스럽게 작품의 소재가 되었으며, 그 추억과 사랑은 내 마음속 행복으로 남아있습니다. 그 마음을 고스란히 작품에 담고자 하였습니다."(작가노트 중에서)

# 고정된 틀과 생각에서
# 벗어나야 진정으로
# 행복합니다

장소에 꼭 도착해야 한다는 생각에서 자유로워지고,
도착하지 못할지도 모른다는 두려움에서 벗어나야
비로소 진정한 여행이 시작된다.

✦ 마크 네포

미국의 철학자이자 영성가인 「고요함이 들려주는 것들」의 저자인 네포의 말은 '몇 개 나라를 여행해야 한다'는 목적에 집착해 자유여행보다는 패키지여행을 선호하는 이들에게 진정한 여행을 모른다고 깨우치기도 하지만, 고정된 틀과 생각에서 벗어나지 못한 어리석은 우리에게 집착과 얽매임과 두려움에서 벗어나면 자유로운 삶을 누릴 수 있다고 말합니다. 여행은 목적지만큼 이르는 과정도 중요하며, 삶도 마찬가지입니다. '무엇이 되느냐'도 중요하지만 '어떻게 사느냐'도 매우 소중합니다. '새들은 날아서 어디로 갈지 몰라도 나는 법을 배운다'는 말처럼 때때로 두려움 없는 방황이 삶에 한없는 가치를 부여하기도 합니다. 무엇이 되기 위한 것이 삶에 대한 즐거움을 앗아가 버린

──────  안태영 **할머니가 주신 왕사탕 07** 2019 | Oil on canvas | 97×162.2cm ──────

다면 목적이 이뤄졌다 하더라도 아무 가치도 없는 것입니다. 여행을 하다 보면 계획에도 없던 시간과 장소에서 갑작스러운 즐거움과 가치를 발견할 때가 있는데, 이때 '애초의 목표는 이것이 없다. 그냥 지나치자'라고 생각할 수도 있습니다. 틀린 말은 아니지만, 목적과 목표에 지나치게 얽매이면 과정이 주는 즐거움과 계획이 아닌, 우연이 주는 행복과 행운을 놓쳐서 후회하기 쉽습니다. 목표를 잡지 말고 달성하지 말라는 것은 아니지만 경직되게 보지 말고 더 유연하게 보면 계획과 목표의 한계도 보게 되어 수정도 할 수 있는 자유가 온다는 것입니다.

　　MBTI에서 극단적 J형처럼 여러분은 다른 것은 쳐다보지 않고 목표 지향적으로 사시나요? 아니면 유연한 P형처럼 수단과 과정도 중시하며 부드럽고 자유롭게 사시나요? 저도 극단은 아니지만 J형의 삶을 추구했습니다. 그러나 이제 알았습니다. 때로는 계획이라는 집착의 얽매임에서 벗어나야 자유롭고 창의적인 행복을 누릴 수 있다는 것을. 여행의 목적지에 집착하면 여행의 자유로움과 과정의 즐거움을 잃듯 목표달성에 집착하는 삶에서 벗어나 자유롭고 해방된 삶의 주인이 되는 행복을 누리셨으면 합니다.

# 고통과 불안 속에서도
# 행복은 있는 법입니다

내가 변함없이 최상의 행복을 유지하는 일은 일어나지 않을 거에요.
고통이나 불안을 느끼지 못하는 부류는 딱 두 부류에요.
정신질환자와 죽은 사람이라고 말하죠.
살아있는 사람은 누구나 고통과 불안을 느낍니다.

＋ 탈 벤 샤하르

이스라엘 텔아비브에 살고, 가족과 함께 하는 시간이 줄어들면 행복할 것 같지 않아서 종신 교수직을 거절하며 하버드에서 '행복'강의를 하는 샤하르는 행복을 의식적으로 선택하며 즐겁게 사는 이론가이자 실천가입니다. 그의 강의는 하버드대 마이클 센 델 교수의 '정의', 예일대 셸리 케이건 교수의 '죽음'과 함께 아이비리그 3대 명강의로 꼽히는데, 하버드생의 20%가 듣는다니 짐작이 갑니다.

행복하다고 하면 늘 기분이 좋고 화도 안 내고 슬픔도 없을 것이라는 이분법적인 사고는 행복을 가로막습니다. 오히려 행복하기 위해서는 감정을 즐겁게만 유지하려고 애쓰는 것보다는 희로애락에 오욕五慾의 감정을 자연스럽게 하는 것이 스트레

스가 쌓이지 않는 행복의 시작입니다. 상대 때문에 감정이 좋지
않다고 하는 것은 자신을 상대의 노예로 떨어뜨리는 것이니 행
복의 큰 장애입니다. 정신의 건강을 위해 자신만의 스트레스 해
소법을 가지는 것도 행복의 중요한 요소입니다. 정신의 건강과
육신의 건강은 연결되어 있으니 육신의 건강을 위한 습관 형성
도 중요합니다. 매사에 '완벽하려' 하고 승부를 보려는 태도보
다는, '나도 상대도 부족한 것이 있고 다를 수 있다'는 부드러운
입장으로 '그럴 수도 있겠구나'하며 이해하고 용서하는 것도 '상
대와의 갈등과 내 마음의 갈등'을 잘 푸는 길입니다. 복잡한 일

———— 안태영 **할머니가 주신 왕사탕 19** 2010 | Oil on canvas | 33.4×53cm ————

일수록 단순화해서 보고, 긴 안목으로 볼 필요가 있고, 긍정적으로 소통하며 문제를 풀어가는 것이 행복의 지름길입니다. 유연하게 생각하며 지금 여기서 최적의 방법을 찾고, 다른 사람과 더불어 사는 방법을 찾는 것이 행복의 방책이 아닌가 합니다.

여러분의 행복은 어떤 것인가요? 저보다 훌륭하시리라 봅니다만 혼자만 행복할 수는 없고 나누는 것이 더 큰 행복이라 여깁니다. 힘들 때 서로 비방과 험담을 하고 분노하고 싫어하는 감정을 드러낼 수 있으나 곧 자신을 있는 그대로 바라보고, 상대를 '그럴만한 이유가 있겠지'하며 받아주는 것이 사람 사는 것이고 행복이 넘치는 천국입니다. 친밀한 사람과 행복한 사람이 넘치는 곳은 자신의 감정에 충실하고 고통과 불안이 있더라도 의심이 없는 평화로운 곳이기도 합니다.

# 정의롭고 정당하게
# 얻은 재물은
# 행복합니다

불의로 얻어진 재물은 끓는 물에 뿌려지는 눈과 같고,
뜻밖에 얻어진 논밭은 물살에 밀리는 모래와 같다.
간사한 꾀로 사는 방법을 삼는다면
그것은 마치 아침에 피었다가 저녁에 지는 꽃과 같은 것이다.

✚ 명심보감

　'마음을 밝게 하는 보물'이라는 명심보감은 고려 충렬왕 때
추적이 어린이 학습을 위해 중국 고전에서 간추린 금언, 명구
를 엮은 19편으로 구성된 책인데, 명나라 사람 범입본이 문구
를 더 넣은 증편 명심보감을 펴내 역수입되었습니다. 위 구절은
자본주의에 물들어 '돈·돈·돈'하며 방법을 가리지 않고 부자가
되려고 하는 몰염치한 우리들에게 경종을 울립니다. '이익을 보
면 올바름을 생각하라見利思義'라는 말씀이 떠올랐습니다. 저도
속물임에는 분명해서 선물이나 금전적 대우에 혹하고 쉽게 생
각하는 경향이 있었습니다. 자본주의 사회에서 돈은 재화를 쉽
게 가질 수 있게 하는 도구이며, 심지어 사람을 매수하기도 하
고 움직일 수도 있는 강력한 힘을 가지고 있으니 돈에 환장하지

안태영 **할머니가 주신 왕사탕** 2017 | 캔버스에 유화 | 72.7×50.0cm

않겠습니까? 사는 집, 모는 차, 각종 치장물이 신분을 대신하는 사회에 살고 있는 우리는 돈을 보면 미쳐버립니다. 심지어 돈을 위해 생명까지도 앗아버리니까요. 돈 자체가 나쁘다는 것이 아니고, 노력과 피땀으로 얻는 것이 아닌 일확천금을 쉽게 얻으려는 사람이 있다는 사실이 문제입니다. 저도 노력 없이 쉽게 들어오는 재물을 경계하고 거절하겠습니다. 명심보감의 말처럼 불의하게 얻어진 재물은 마음을 깎아 먹는 송충이와 같으며, 쉽게 얻은 것이라 가치와 의미를 잃은 것입니다. 부자가 되지 말자는 것이 아니라 쉽게, 불의하게 얻어지는 재물을 경계하라는 말씀인데, 쓰다 보니 많이 부끄럽네요.

여러분은 재화를 얻을 때 정의를 생각하시나요? 아니면 어떻게 하든 많이 벌고 싶으신가요? 파렴치한이 아닌 이상 부정한 재화는 마음을 불편하게 하여 행복을 해칠겁니다. 저는 아름다운 마음이 최고의 보배라고 봅니다. 아름다운 마음에서 우러나오는 나눔이 진정한 재화입니다. 올바르게 얻어진 재화와 아름다운 마음속에 행복이 있습니다. 사람 간의 관계도 마찬가지입니다. 재화보다는 따뜻한 마음으로 어루만져주는 사랑이 깃든 친밀한 관계를 가꾸세요. 행복이 그 안에 있습니다.

# 초심자의 순수한 마음에
# 행복이 있습니다

언제나 초심자와 같은 마음가짐으로 매 순간을 신선하게
인식할 때 비로소 행복한 경지를 맛본다.
그처럼 피어오르는 존재의 큰 기쁨은 초심으로부터 온다.
편견 없는 마음으로부터 온다.

✚ 조셉 골드스타인

　　존 카밧진, 잭 콘필드, 샤론 잘즈버그, 래리 로젠버그 등과 함
께 서양을 대표하는 명상가의 한 사람인 골드스타인의 글은 욕
망과 집착이 없는 초심자의 마음의 중요성을 가르쳐줍니다. 초
심자는 늘 자신의 무지를 겸손하게 받아들이면서 마음의 오염
됨이—내면의 문제에서부터 처음 접하는 사물과 사건에 이르
기까지—무엇인가를 알아려고 노력합니다. 이때 초심자들은
몰랐던 글자를 한자씩 익히면서 즐거웠던 것처럼 새로움에 놀
라워하며 행복해합니다.

　　흔히 '개구리 올챙이 적 생각해라', '처음처럼'이라는 말을 흔
히 하는데, 살다보면 어정쩡한 지식이나 기술을 배운 뒤 '선무
당 사람 잡는'식의 행동을 하는 사람들이 많기 때문입니다. '벼

는 익을수록 고개를 숙이는' 것처럼 완숙한 인격자들은 경거망동輕擧妄動하지도 부풀리지도 않지만, 얄팍한 지식 나부랭이로 자신의 주장을 견강부회牽强附會하며 따르라고 강요하는 자들이 세상에 많다는 사실을 경고하는 것입니다. 이 대목에서 저의 얄팍하고 경솔한 판단과 평가에 대해서도 반성하지 않을 수 없네요. 사람과 사물을 처음 대할 때처럼 첫마음을 잃지 않고 호기심을 갖되 진지하고 순수하게 새로운 사실을 받아들이고 사람을 맞게 될 때 큰 기쁨과 행복도 함께 피어납니다.

여러분은 초심자 같은 마음으로 매 순간을 신선하게 인식하시나요? 아니면 자신의 생각과 느낌의 틀로 고정된 마음으로 세상을 해석하고 평가하시나요? 이를 편견이라고 하는데, 신선하고 기쁜 경지는 사라지고 오염되고 부패된 마음이 우리를 괴롭히고 영혼을 갉아먹습니다. 첫 마음에 기쁨과 행복이 있음을 명심하며 다짐해보실까요?

# 자신이 바라보는 관점에
# 행복이 있습니다

인간은 사실보다는
그 사실을 받아들이는 관점 때문에
혼란스러워한다.

✚ 에픽테투스

1세기경의 스토아 철학자였던 에픽테투스의 말은 엘리스의 비합리적 신념을 떠오르게 합니다. 사실을 있는 그대로 받아들이고 해석하는 것은 순수한 인간에게나 가능한 일입니다. 대개의 사람은 자신의 욕망을 요구로 바꾸어 세상을 지각하기 때문에 뒤틀리기 쉽고, 때로는 혼돈에 빠지기도 합니다. 내면적 통찰을 통해 반성하며 자신의 관점을 돌아보는 것은 꼭 필요한 일입니다. 제 경험을 돌아보건 데 바라는 것이 있으면 저에게 유리하게 그럴듯한 해석을 하는 경향이 있는데, 사실을 그럴듯하게 많이 왜곡했습니다. 저도 오류투성이고 잘못할 가능성이 높음에도 불구하고 잘못을 상대에게서 찾는 경향이 많았습니다. 그러다 보니 사실을 뒤틀며 상대를 공격하고 합리적으로 보이

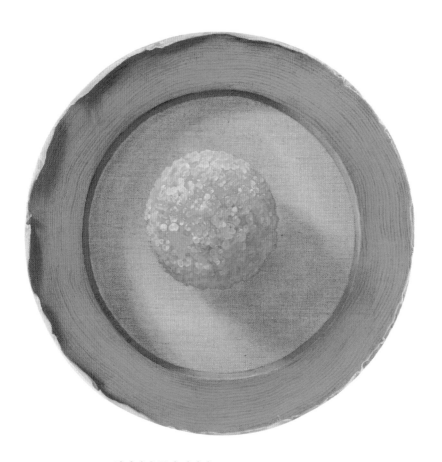

──── 안태영 **할머니가 주신 왕사탕 15** 2018 | Oil on canvas | 30×30cm(원형) ────

는 여러 방법으로 자신을 변명하는 데 급급했습니다. 이러한 행위는 영혼을 갉아먹고 성장을 가로막았습니다. 사실을 오염되지 않는 눈으로 볼 수 있는 맑은 마음을 갖추는 것이 먼저입니다. 관점이 혼란스럽다는 것은 영혼이 오염되었음을 알아차려야 합니다. 스토아철학이 삶의 기둥을 금욕과 평정의 절제로 굳건히 세울려고 했던 이유를 알겠습니다.

여러분은 어떤 사실을 볼 때 불쾌한 감정이나 비판적 관점이나 평가가 먼저 떠오르시나요? 아니면 감정의 동요 없이 있는 사실을 있는 그대로 바라보며 상대를 존중하며 수용하시나요? 후자의 삶이 바람직할 것입니다. 저도 건강하지 못한 태도에서 벗어나 건강한 삶으로 행복하게 살아가는 지혜를 펼치겠습니다.

# 과거의 탓,
# 남의 탓에서 벗어날 때
# 행복합니다

과거의 탓, 남의 탓이라는 생각을 버릴 때
인생은 좋아진다.

✚ 웨인 다이어

「세상에 마음을 주지 마라」와 「행복한 이기주의자」의 저자인 다이어의 말은 마음 깊이 새겨야 합니다. 멋지게 잘 살기 위해서는 할 일을 스스로 선택하고 결정하며 책임을 져야만 합니다. 인생의 패자들은 잘못된 삶을 감추기 위해 시간과 사람에 핑계를 대며 합리적 기재를 마련하여 변명하는데, 그럴듯한 변명은 삶을 좀먹는 악마의 속삭임입니다.

성공한 대부분의 사람들은 일을 처리할 수 있는 능력을 먼저 기르며, 좋은 인간관계를 할 수 있으며, 배려하고 공감하는 능력과 일의 결과에 대한 책임감이 뛰어납니다. 그러기에 실패를 남이나 상황과 시간의 탓으로 돌리지 않고, 자신의 신중하지 못한 인간관계나 타인과의 공감 부족과 능력 부족으로 돌립니다.

안태영 **할머니가 주신 왕사탕 18** 2013 | Oil on canvas | 60.6×90.9cm

자율성을 가지고 일을 할 수 있는 능력을 갖춘 사람은 일할 때 운에 기대지 않고, '진인사대천명盡人事待天命'의 자세로 최선을 다할 뿐입니다. 설사 결과가 나쁘고 실패를 하더라도 그것을 교훈으로 삼아 삶을 더 굳건히 세우는 또 다른 기회와 변화와 성장의 계기로 삼습니다.

여러분은 기대에 못 미치거나 실패했을 때 어떤 생각을 하시나요? 그 원인을 자신에게 찾나요, 아니면 다른 요인에서 찾아 책임을 피하려 하시나요? 후자는 분명히 자신을 실패자의 굴레에서 벗어나지 못하게 합니다. 자신이 한 일에 소신 있게 책임질 줄 아는 용기를 가질 때 새로운 변화와 행복이 시작됩니다. 저도 많은 반성을 합니다.

# 진정한 휴식은
# 행복의 원천입니다

진정한 휴식은
회복하게 해주는 것이다.

✚ 메튜 에들런드

    진정한 휴식이란 무엇인가를 생각하였습니다. 요즘 힐링이니 치유니 휴식이니 하는 말이 회자되는데, 그만큼 피곤하고 힘들게 살고 있다는 징표입니다. 잠시 걱정과 시름을 잊거나, 힘들게 하는 일을 피해 떠난다고 해서 휴식은 아닙니다. 몸과 마음과 영혼의 피로와 상처를 치유하고, 회복할 수 있는 재충전의 기회를 가지는 것이 진정한 휴식입니다. 휴가철이라고 많은 사람들이 지치고 힘든 몸과 마음과 영혼의 회복을 위해 경치가 수려하고 쾌적한 곳으로 여행을 가서 푹~ 쉽니다. 경치가 수려하고 쾌적하다고 해서 휴식이 된다고 할 수는 없습니다. 일과 노동으로부터 해방이 되어야 합니다. 일과 노동으로부터의 해방은 피로회복에 중요한 역할을 합니다. 그런데 피로회복을 위해서는 육신의 피로회복뿐만 아니라 내면의 안녕과 평화가 병행해야 진정한 회복이 가능합니다. 그래서 혼자 휴가를 떠날 때는 이제껏 갖고 있던 내면적 상처와 난국을 떨쳐 버리고 미움과 증오를 용서와 화해로 승화시키는 기회로 삼아야 합니다. 다른 사람과 같이 휴가를 떠날 때도 같이 간 사람들과 친밀한 소통과 나눔을 통해 서로의 상처를 공감하고 이해하며 사랑과 존중을 통해 소중함을 나누는 내면적 기운을 회복해야 합니다. 휴식은 일을 피하거나 갈등을 피하는 방편이 아니라 보람차고 의미 있는 삶을 위해 영육을 회복하는 계기가 되어야 합니다.

몸과 마음과 영혼의 건강한 회복을 위한 휴식을 잘 활용하시나요? 휴식이 필요한 근본적 이유입니다. 건강한 삶을 위해서는 일에 몰두하는 것만으로는 불충합니다. 오늘 하루 잠시라도 건강한 회복을 위한 휴식 시간을 가지면 어떠실까요? 건강한 회복을 위한 휴식은 지금의 행복뿐만 아니라 내일의 행복을 위한 자산입니다.

# 조화로운 부부생활은
# 황홀한 행복의 문입니다

부부란 둘이 서로 반씩 되는 것이 아니라
하나로써 전체가 되는 것이다.

✚ 빈센트 반 고흐

혼인도 안 한 고흐가 이런 말을 하니 우습긴 하지만 고흐가 꿈꾸었던 혼인관입니다. 누구나 처음에 상대를 만나 결혼을 꿈꾸었을 때는 상상할 수 있는, 구상 시인의 표현을 빌리면 '황홀한 오해'입니다. 오해라고 한 것은 이상理想은 결코 이룰 수 없는 부단한 동경을 전제로 하기 때문입니다. 오히려 반만이라도 서로를 인정하고 존중해주면 혼인 생활은 만족스럽고 행복합니다. 왜냐하면 많은 사람들은 결혼을 하면서 상대를 소유로 생각하고 심지어 종으로 생각하여 마땅히 해야만 되는 의무감과 당연함으로 얽어맵니다. 이것이 불행의 시작입니다. 이상적인 혼인은 부족한 나와 네가 만나 남편과 아내로 새로 태어나 하나의 전체로서 조화를 이루고, 삶의 지평을 넓히는 것입니다. 이것이

─── 안태영 **할머니가 주신 왕사탕 2** 2017 | Oil on canvas | 72.7×116.8cm ───

자연의 법칙이고 인륜의 아름다움이겠지만 현실적인 많은 핑계
거리와 장애들이 행복을 가로막고 있습니다. 시댁과 처가댁의
사회적 결합이 물질주의 사회에서의 상대적 빈곤함과 비교가,
때로는 성적인 매력의 감소가 혼인 생활을 갈등과 대립 또는 권
태와 후회로 이끕니다. 이때는 '참담한 이해'만이 혼인 생활을
유지케 하는 힘이 됩니다. 흔히 말하는 열정적이고 친밀한 사랑
은 사라지고 관여만 남아있는 것인데, 이때 혼란이 옵니다. '이
런 혼인 왜 했나 미쳤지' 하면서. 혼인은 사랑의 결합이기도 하
지만 각기 다른 남녀 간의 계약일 수도 있습니다. 처음 사랑의

이름으로 행했던 계약을 떠올리시면 자신을 다시 추스르는 계기가 될 것입니다. 혼인은 결코 상대를 이용하거나 지배하고 통제하는 것이 아니고 조화롭고 행복하게 살겠다는 아름다운 몸과 마음의 약속이자 계약입니다.

여러분은 지금의 혼인생활이 행복하신가요? 처음에 했던 약속을 기억하시나요? 그 약속을 지키기 위해 어떤 노력을 하시나요? 권태기는 어떻게 이겨내셨나요? 혹시 잘못된 혼인임을 합리화하기 위해 어떤 변명거리를 만들고 계시지는 않나요? 처음에 한 아름다운 약속을 기억하고 서로를 존중하며 사랑하세요. 상대에게 바라지 말고 여러분이 먼저 시도하시면 행복의 문이 열릴 겁니다.

# 보상을 바라지 않는 봉사는
# 우리를 행복하게 합니다

보상을 바라지 않는 봉사는
남을 행복하게 할 뿐 아니라,
자신도 행복하게 한다.

✦ 마하트마 간디

　봉사하는 것은 분명 다른 사람에게 사랑을 주는 것이고, 받는 사람은 행복합니다. 그런데 주는 사람이 뭔가 보상을 받아야 한다고 생각한다면 오히려 멈추는 것이 좋습니다. 왜냐하면, 봉사는 분명 좋은 일이지만 어떤 기대나 보상심리를 가진다면 오히려 상대가 분노하고 불행하게 되는 원인이 될 수 있기 때문입니다.

　'오른손이 하는 일을 왼손이 모르게 하라'는 말의 뜻을 깊이 살펴야 합니다. 선행을 베풀 때는 어떤 보상도 바라지 않아야 온전하고 마음에 거리낌이 없는 기쁨이 됩니다. 마음이 단순하니 거침이 없고 불안이 없으니 행복합니다. 건강하지 못한 사람들은 언제나 관계를 수단화하여 이용하고 계산하며 긴장합니

——— 안태영 **할머니가 주신 왕사탕 09** 2012 | Oil on canvas | 150×150cm ———

다. 마음이 복잡하고 안팎이 달라 자신조차도 헤아릴 수가 없기에 상대를 보는 눈도 비틀릴 수밖에 없으니 얼마나 마음이 힘들고 혼란스러울까요? '마음 그릇'이 크고 베푸는 것을 영달이나 관계의 조정과 통제로 생각지 않는다면 즐거움이 넘칠 것입니다. 저도 어떤 것도 바라지 않고 순수하게 봉사나 베풂을 펼치지 못한 것에 많은 반성을 하며 진정한 봉사에 대해 생각해 봤습니다. 봉사하는 저를 몰라준다고 은근히 화를 낸 적도 있었던 것 같습니다. 그릇이 작은 소인배라는 뜻이지요.

여러분은 봉사와 베풂에서 바라는 것이 없으시나요? 베풀면 응당 이런 정도의 반응이나 보상은 있어야 한다고 생각하시나요? 제 경험으로는 뭔가를 기대하면 자유롭지 못하고 불편했습니다. 보상을 바라지 않는 봉사를 통해 행복한 여러분이 되셨으면 좋겠습니다.

# 마음이 건강하면
# 행복합니다

얼굴이 잘생긴 것은 몸이 건강한 것만 못하고,
몸이 건강한 것은 마음이 바른 것만 못하다.

✛ 백범 김구

요즘 세태世態가 외모지상주의라 이해가 안 될 수 있습니다. '머리 나쁜 것은 용서할 수 있어도 얼굴 미운 것은 용서할 수 없다'는 농담을 거침없이 쓰고 성형을 위해 뼈까지 깎다가 기형畸形과 마비가 오고 죽기까지 하는 세상입니다. 이 현상은 마음의 아름다움보다는 보이는 아름다움을 우선해서 나타난 어리석음입니다. 용모를 단정히 하는 것은 바람직하나 지나치게 중시하는 것은 경계해야 합니다.

한 때 몸짱 열풍이 불었는데, 운동을 게을리 않고 잘 단련하여 10여 년이 더 젊게 보이는 것을 매체에서 소개하여 너도나도 운동 열풍이 불었습니다. 몸을 튼튼히 하는 것은 소중한 일이고 아무리 강조해도 지나치지 않습니다. 그러나 얼굴에 '얼'이 없

안태영 **할머니가 주신 왕사탕 09** 2012 | Oil on canvas | 150×150cm

으면 얼빠진 꼴에 불과하듯 몸에 마음과 영혼의 건강이 깃들지 않으면 사람의 탈을 쓴 짐승의 몰골에 불과합니다. '건강한 신체에 건강한 정신이 깃든다'는 로크의 말도 있지만, 이는 몸을 앞세우고 정신을 가벼이 여기는 이야기일 뿐입니다. 건전한 정신을 바탕삼아 건강한 신체가 뒷받침할 때 아름다움이 빛을 내게 됩니다. 백범 선생의 꾸짖음을 깊이 새겨야 합니다. 외모보다 마음을 아름답게 가꾸는 것이 앞서야 인격이 바로 선다는 가르침입니다. 사람을 평가할 때 외형의 지위나 조건으로 성급하게 판단하는 것을 경계하고 진정한 사람됨을 잘 살펴야 할 것입니다. 저의 건강에 대한 기준도 돌아보는 계기가 되었습니다.

여러분은 백범 선생님의 기준에 어긋남이 없으신가요? 마음의 건강을 우선으로 하여 건강을 챙기시나요? 마음의 수양을 먼저 하시면 밝고 청아한 기운이 깃들어 외모가 한층 빛날 것입니다. 마음의 건강에서 행복도 시작됩니다!

## CHAPTER 4

자신을 알아준
친구가
있는 사람은
행복합니다

주라영 **Wonderful Life 51-1** 2017 |
Paint on PC and Super mirror | 52×50×15cm

# 주라영

삶과 죽음, 인식의 문제를 다루며 작업하는 현대미술가이다. 인도 Visva Bharati에서 고대벽화를 전공했고, 전남대에서 미술학 박사학위를 받았다. 인도, 서울, 광주, 뉴욕에서 총 12회의 개인전을 열었으며, 250여 회의 국내외 기획전에 참여했다. 한 방향으로 맹목적으로 달려가는 현대인의 모습을 군상으로 설치하는 설치조각가이기도 하며, 현행 중·고등학교 미술교과서에도 작품이 실려 있다. 그는 설치·회화·조각·영상·퍼포먼스와 같은 다양한 매체를 통해 삶의 궁극적인 의미가 무엇인지에 대한 질문을 하며 대중과 소통한다.

# 은혜를 회상하고
# 감사하는 마음은
# 행복합니다

> 과거의 은혜를 회상함으로써 감사는 태어난다.
> 감사는 고결한 영혼의 얼굴이다.
>
> ✛ 토마스 제퍼슨

미국의 3대 대통령이고 민주주의 설계자로 알려진 제퍼슨. 지금은 행운의 지폐라고 하는 2달러짜리에서 볼 수 있습니다. '개구리 올챙이 적 생각 못한다'는 말이 있지만, 어렵거나 부끄러운 과거는 숨기거나 잊어버린 척하기도 합니다. 그것은 위기나 어려운 시기를 건너게 해 준 은혜로운 존재를 잊어버리게 하는 계기도 됩니다. 심지어 지금의 이해관계 때문에 오히려 미워하고 싫어하게 된 경우도 있습니다. 또는 부모니까 당연히 은혜로운 존재여야 한다고 생각합니다.

지금의 제가 있는 것은 부모님으로부터 은사님, 종교지도자, 친척, 친구, 동료들의 덕이라고 생각합니다. 잊고 지낸, 표현하지 못한 감사함을 이 글을 통해 전합니다. 비로소 제 마음이 평안하고 행복해집니다. 인간은 자연을 비롯해 주위의 도움 없이는 한시도 살 수 없으니 감사가 넘치게 살아야겠지요. 그러기에 과거의 은혜를 회상함으로써 감사가 태어난다는 것은 의미 있는 메시지입니다. 감사할 줄 아는 사람은 세상을 긍정과 행복이 넘치는 즐거운 곳으로 여기는 사람이기에 그의 얼굴은 고결한 미소로 넘칠 것입니다. 은혜와 감사가 넘치는 세상이 사랑과 행복의 터전인 지상의 낙원입니다.

여러분은 은혜와 감사가 넘치게 살고 계시지요? 그것은 옛날의 이야기고 지금은 증오와 시기, 질투 때문에 괴롭고 힘든 상황에 계시나요? 오늘 하루 과거 나에게 은혜를 베풀었던 분을 회상하며 즐거운 마음으로 생을 찬미하며 감사하면 좋겠습니다. 생각나는 분께 감사의 말씀도 전하세요. 마음이 평화롭고 행복해집니다.

— 주라영 **Wonderful Life 46-1** 2017 | Paint on PC and Super mirror | 52×50×15cm —

# 행복은
# 내가 가진 것에 만족하고
# 즐기는 것입니다

행복이란 내가 갖지 못한 것을 바라는 것이 아니라
내가 가진 것을 즐기는 것이다.

✛ 린 피터스

나날이 행복이고 축복임을 알면서도 부딪히는 어려움과 불행한 느낌은 다른 사람과의 비교 때문인데, 자신이 가지지 않는 것을 다른 사람이 가졌을 때 오는 경우가 많습니다. 주어진 모든 것을 다른 사람과 비교치 않고 긍정적으로 해석하면 축복이지만 내게 없는 것을 다른 사람이 갖고 있다고 해석하면 불행이 잇따를 뿐입니다. 행복은 내가 가진 것을 즐기는 것이라는 린 피터스의 글을 읽는 동안 가슴이 뻥 뚫렸습니다.

자신을 깊이 들여다보면 다른 사람에 비해 뛰어난 점이 많은데, 많은 사람이 자신의 장점은 작게 보고 남이 가진 것을 크게 보아 열등감 때문에 힘들어합니다. 그것도 하나의 욕심으로, 채워도 채워지지 않는 법이기에 늘 부족하게 느끼고 욕심을 채우려다 보니 자신을 있는 그대로, 긍정적으로 볼 여유가 없습니다. 그뿐만 아니라 상대를 비교의 대상으로 보니 마음이 불편하고 시기와 질투 및 열등감의 포로가 되기 쉽습니다. 이 정도면 많이 가져도 부족함을 느끼게 됩니다. 갖지 못한 것을 바라지 않고 가진 것의 소중함을 느꼈으면 좋겠습니다. 그러면 행복이 찾아오고, 자신의 것을 나누어 줄 수 있는 여유가 생깁니다. 베풀면 행복한 법이지요.

혹시 가지지 못한 것에 애태우며 다른 사람이 가진 것을 시샘하시나요? 그러면 불행이 찾아오고 마음이 편할 날이 없습니다. 현재 가진 것에 만족하며 자신의 강점을 바라보고 기뻐하면 그것을 나누고 싶은 후덕함이 생겨 보람을 얻습니다. 여러분은 행복할 권리가 있습니다. 자신만큼 소중한 존재는 없습니다. 자신이 가진 것에 먼저 감사해보실까요? 그러면 행복합니다.

주라영 **공존-자산어보** 2022 | Mixed media | 117×91cm

# 화를 다스릴 줄
# 아는 사람은
# 행복합니다

어리석은 자는 자신의 노怒(성냄)를 다 드러내어도
지혜로운 사람은 그것을 억제하느니라.

✚ 잠언

    지혜로운 사람은 화를 내지 않는 사람으로 오해할 수 있으나 그런 뜻이 아닙니다. 지혜로운 사람은 '화가 어디에서 왔는가를 들여다보는 과정에서 화를 다스릴 줄 안다'는 것입니다. 화를 내지 못한다는 것은 정서적으로 문제가 있는 것이겠지요. 화가 났을 때 억누를 수 있는 사람은 지혜로운 사람입니다. 화가 난 상태에서는 사실을 잘 들여다보고 판단할 수 있는 능력을 빼앗기기 때문에 어리석어질 수밖에 없습니다.

    소크라테스가 악처라고 알려진 크산티페와 그나마 잘 살아갈 수 있었던 것은 화나게 하는 아내에게 화로 대하는 것이 아니라 현명하게 조절하여 대처했기 때문입니다. 중국속담에도 '먼저 큰소리치고 화를 낸 사람이 싸움에서 진 사람이다'는 말이 있는

—— 주라영 **Wonderful Life 43-7** 2017 | Paint on PC and Super mirror | 50×110cm ——

데 화를 내면 정신적 균형감각이 무너지고 사태를 잘 파악할 수
있는 능력을 잃기 때문이지요. 제 경험도 화가 치밀어 오르면
이성이 마비되어 사태를 잘 파악하지 못하고 문제를 풀어갈 지
혜를 얻을 수가 없었습니다. 불가佛家에서 삼독三毒이라 하는 탐
진치貪瞋痴는 함께 얽혀있어 사람을 행복하지 못하게 합니다. 역
시 욕심이 없고 그릇이 큰, 어리석지 않은 사람이 치우치지 않
는 감정으로 잘 살아가는 지혜가 있습니다. 행복한 삶은 바로
이런 것입니다.

여러분은 화를 잘 조절할 수 있으신가요? 그렇다면 성인의 경지는 아니지만, 현인賢人의 경지에는 들어선 것입니다. 화에는 반드시 욕구가 반영되어 있기에 올바른 판단이 힘듭니다. 그럴 때는 잠시 숨을 멈추고 하나, 둘, 셋을 세며 '이 일이 화를 낼 만큼의 일인가?', '이 일을 대하는 내 욕구가 무엇인가'를 헤아려보면 의외로 마음이 차분해집니다. 별일이 아닐 때가 많거든요. 자신의 존재를 걸 만큼 중요한 문제는 많이 일어나지 않습니다.

# 일상에 감사하면
# 축복받고
# 삶이 행복합니다

가장 축복받은 사람이 되려면
가장 감사하는 사람이 되라.

✦ C. 쿨리지

매사에 감사하고 고마워하는 것은 즐거운 일임에 틀림이 없습니다. 하루하루를 감사하며 보낸다는 것은 나날을 축복으로 보내는 것이고 삶 전체가 행복이 넘치게 됩니다. 글을 쓰면서 주위의 모든 분이 은혜로운 분들이라는 생각이 들었고 감사했습니다. 제가 긍정적으로 살고 있다는 자체가 주변 분들의 따뜻한 미소와 격려, 실수를 따뜻하게 감싸주는 용서의 힘과 격의 없는 솔직한 대화 때문이라고 생각하게 되었습니다.

며칠 전에 좋아하는 분들과 저녁 식사를 했는데, 반주飯酒로 한 잔 한다는 것이 많이 마셨습니다. 다른 좌석에까지 가서 술을 얻어먹고 큰소리로 웃고 떠들며 격의 없이 대화하는 유쾌한 시간을 가졌습니다. 다음날 기운은 없었으나 기분은 좋았고, 즐거움을 함께할 수 있는 사람들이 있음에 감사했습니다. 그분들께 은혜는 꼭 갚겠다고 다짐하며 언제든 힘들 때 얘기를 들어드리겠다는 약속을 합니다. 요즈음 속 시원하게 대화를 나눌 사람이 없는 현실에서 한 잔 기울이며 쌓였던 스트레스나 앙금을 씻어낼 수 있다는 사실은 얼마나 감사할 일입니까? 혹, 상대는 고통스럽지 않았을까 걱정은 됩니다만 어렵고 힘든 일이 있을 때 차를 나누고 술 한잔하면서 마음을 털어놓고 위로를 주고받을 수 있는 가족과 친구가 있다는 것은 행복입니다. 삶의 축복은 일상에 감사하는 것이라는 것을 다시 느낍니다.

여러분은 매사에 감사하며 사시나요? 예전에 저는 갖고 싶은 욕구에 얽매여 저를 꾸미고 싶어 했고, 그때는 질투, 시기 때문에 힘들고 불평불만이 넘쳐 불행했습니다. 이젠 욕심을 내려놓으니 편합니다. 가족이 있고, 얘기 나눌 친구가 있고, 읽을 책과 일할 직장이 있음에 감사합니다. 아직도 맛을 구별하는 미각을 비롯한 오감각과 움직일 수 있는 몸이 있음에 감사합니다. 무엇보다도 때때로 세상의 아름다움을 느끼게 해 주신 하느님의 은총에 감사합니다. 저는 축복과 감사의 덩어리입니다. 그래서 행복합니다.

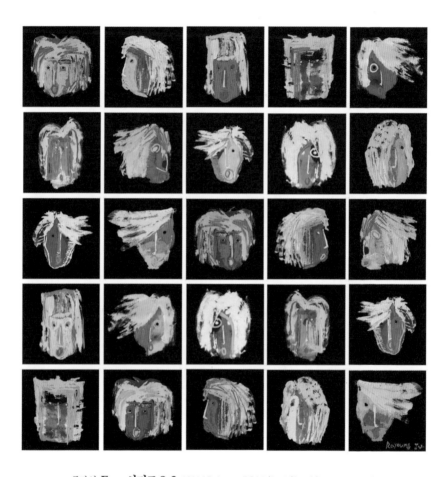

주라영 **Face시리즈 9-2** 2021 | Paint on PC | 140×140cm(각 24×24cm 25pcs)

# 함께 힘을 합치면
# 행복한 대동의 세계를
# 만들 수 있습니다

> **따라서 우리는 함께 큰일을 할 수 있습니다.**
> **우리가 하는 일은 바다에 붓는 한 방울의 물보다**
> **하찮은 것이지만 그 한 방울이 없다면**
> **바다는 그만큼 줄어들 것입니다.**
>
> ✚ 마더 테레사

　빛고을 주보週報에 나온 묵상 글인 테레사 수녀님의 말씀은 자신의 정신을 담고 있습니다. 공동체를 위한 소박하면서 귀한 역할에서 보여주는 겸손과 사랑을 볼 수 있습니다. 왜 그녀가 성녀의 반열에 오를 수 있는가를 단적으로 보여줍니다.

　큰일을 하는 데는 자신이 잘할 수 있는 일과 다른 사람이 잘할 수 있는 일이 따로 있다는 것을 알아야 합니다. 그러기 위해서는 다른 사람이 잘하는 일을 부러워하거나 시기 질투하지 말고 자신이 할 수 있는 일에 정성을 다하고 다른 사람들이 잘할 수 있는 일을 인정하고 그것이 공동체에 필요하다는 것을 지지해야 합니다. 테레사는 희생과 사랑이 넘치는 위대한 일도 '할 수 있는 일을 할 뿐'이라고 말하고 있습니다. 또 다른 사람들은 자신이 잘하는 일을 함으로써 아름답고 복된 행복한 공동체를 만들 수 있습니다. 우리가 하는 일이 아무리 하찮은 것이더라도 지금보다 더 나쁘지 않게 유지하는 역할을 하고 있으니 마땅히 해야 합니다.

여러분은 자신의 장점과 타인의 장점을 인정하며 존중하는 것이 행복한 공동체를 유지하는 기틀이 된다고 보시나요? 자신의 힘만으로, 또는 타인의 능력만으로는 우리가 바라는 공동체를 세울 수 없습니다. 약하지만 너와 내가 함께 힘을 합치는 노력을 할 때 행복한 대동大同의 세계를 만들어 갈 수 있습니다.

# 존재한다는 자체가
# 기적이고 신비이며
# 행복입니다

인간의 생명은 둘도 없이 귀중한 것인데도,
우리는 언제나 어떤 것이 생명보다
훨씬 큰 가치를 지닌 듯이 행동한다.
그러나 그 어떤 것이란 무엇인가?

✚ 생텍쥐페리

    살아있다는 것이 축복이고 가장 소중한 문제임에도 불구하고 때로는 공기의 중요성을 모르는 것처럼 살아있는 것을 당연시하고 소중함을 잊는 경우가 많습니다. 생텍쥐페리는 비뚤어진 욕심 때문에 빚어지는 생명을 함부로 하는 풍조를 '뭐가 더 중헌디!'라면서 경고하고 있습니다.

    가끔은 제가 존재한다는 자체가 기적이고 신비이며 행복이라고 느끼고 감사하곤 합니다. 존재한다는 것보다 더 중요한 사실은 없고, 그것을 깨달을 때 가치 있는 관계를 형성합니다만 제 존재 자체의 중요성을 잊을 때 욕심이 일어나 저를 망가지게 했습니다. 그 욕심은 제 존재 자체를 위한 것이 아니라 저를 둘러싼 포장과 빈 껍질에 불과한 것이었습니다. 저는 없고 저의 껍

질만 있었던 것이지요. 제 존재 자체를 건강하게 하는 것이 아
니라 오히려 건강을 해치고 공허해지며 빛 좋은 개살구가 저를
대신하게 되었습니다. 존재의 허무, 욕망을 채운 뒤의 허전함
이 저를 사로잡았습니다. 욕구에 의한 꾸밈은 궁극적으로 존재
를 살리는 것이 아니라 종말을 부릅니다. 생명살림은 자신의 존
재에 대한 존중과 더불어 타인의 존재에 대한 소중함과 긍정성
을 높이고자 합니다. 그러나 자신의 욕구충족만을 위한 삶은 타
인의 안전과 평화를 깨뜨리는 어리석음을 가져오고 증오와 미
움을 낳는 경향이 있습니다. 소유에서 온 미움과 증오는 존재의

주라영 **Beyond Here & Now-Wonderful Life** 2016
Paint and print on acrylic board, 가변설치 | 각 50×50×15cm pcs.

근원까지도 해치게 됩니다. 우리에게 진정 필요한 것은 무엇일까요? 서로의 생명을 존중하고 사랑하는 평화가 아닐까요. 생명보다 더 고귀한 가치는 없습니다. 예수님의 희생도 생명을 살리는 사랑이었습니다.

세상에서 무엇이 가장 소중하다고 보시나요? 생명 아닌가요? 혹시 명예, 부, 권력이라 보시나요? 저도 한때는 유혹에 빠져 그렇게 생각했지만, 세상이 아름다운 것은 존재 그 자체를 드높이는 생명의 공동체이기 때문입니다. 불신과 시기와 질투와 욕심이 거룩한 생명을 가벼이 하고 파괴해서는 안 됩니다. 우리 모두 생명을 살리는 일에 함께하는 평화의 아름답고 행복한 건설자가 되어보실까요?

# 지금에 충실하고
# 지금 만나는 사람을 소중히 여기며
# 지금 하는 일에 집중하면 행복합니다

첫째, 세상에서 가장 중요한 시간은 언제인가?
둘째, 세상에서 가장 중요한 사람은 누구인가?
셋째, 세상에서 가장 중요한 일은 무엇인가?

✚ 톨스토이(세 가지 의문)

한 번쯤은 들었거나 던져보았던 질문일 것입니다. 저도 근무하는 대학의 학과장회의 때 총장이 했던 질문으로 기억합니다. 모든 사람은 행복하게 살다 가고 싶은 욕구가 있기에 '지금 여기'에 충실하라는 말을 수 없이 듣습니다. 세상에 소중한 3금이 있는데 소금, 황금보다 더 중한 것이 '지금'이라고 말합니다. 지금은 어제 죽은 어떤 사람이 그토록 살고 싶은 내일입니다. 파울로 코엘로도 "현재에 집중하라 행복하다."고 말합니다. 현재에 살면서 과거와 미래에 머무는 것은 불행의 원인입니다. '죽은 시인의 사회'에서 키딩 선생이 외친 '카르페 디엠'은 생동감 넘치게 하는 멋진 말입니다.

누가 세상에서 가장 중요한 사람일까요? 지금 만나는 가족,

꾸림의 삶의 무게 꽃이라고 가벼운가 2021 | Mixed media | 80 × 185cm

친지, 동료, 차나 술 한 잔 나누고 있는 친구입니다. 먼 데서 구하지 말고 지금 여기 마주하고 있는 사람의 소중함을 기억하세요.

세상에서 중요한 일은 무엇인가요? 주변에 있는 이웃에게 지금 배려와 사랑을 베푸는 일입니다. 사랑을 베푸는 것은 기쁨이 넘치게 하는 일입니다. 옆에 있는 이웃에게 사랑한다고 말하세요.

여러분은 시간, 사람, 일에 대해 어떤 관점을 가지고 계시나요? 행복을 결정하는 주체는 바로 나입니다. 지금 이 글을 읽는 순간 몰입하여 즐겁다면 지금을 저와 함께 잘 보내고 계신 것입니다. 저는 여러분과 함께 행복합니다.

# 가정은
# 행복을 저축하고
# 베푸는 곳입니다

가정은 행복을 저축하는 곳이지, 그것을 캐내는 곳은 아니다.
얻기 위해 이루어진 가정은 반드시 무너질 것이다.
주기 위해 이루어진 가정만이 행복한 가정이다.

✚ 우찌무라 간조內村鑑三

우찌무라 간조는 무교회주의자이자 평화를 사랑하는 일본인으로 함석헌, 김교신의 스승으로 알려져 있습니다. '주는 사랑'을 가정을 예로 간명하게 정리하고 있습니다. 많은 반성을 하며 남편, 아버지로서 삶을 되돌아보는 계기가 되었습니다.

행복은 베풂으로 얻는 선물이며 베푸는 기쁨은 사랑이 들어갈 때 더 많은 행복을 줍니다. 모든 사람이 가정을 이루는 혼인의식 때 상대를 영원토록 사랑하고 행복을 지키겠다고 서약을 합니다. 그런데 상대를 위하겠다는 각오와 약속은 많은 사람에게서 사라지고 바라는 것이 늘면서 실망과 불만이 커져 이전의 약속은 황홀한 거짓이 되고 '참담한 이해'만이 결혼생활을 유지케 합니다. 이해마저 없으면 파국을 맞습니다. 상대에게 무엇인

— 주라영 **Wonderful Life 52-1** 2017 | Paint on PC and Super mirror | 52×50×15cm —

가를 바라는 삶은 즐거움보다는 실망과 분노를 가져다줍니다. 즉 자유롭고 평화로운 삶에 방해가 됩니다. 행복은 주려는 마음에서 시작되며, 진실한 베풂은 내면에 넉넉하고 따뜻하게 저축이 되고 다른 사람의 마음속에도 저축될 가능성이 높습니다. 진실은 통하기 때문입니다.

여러분은 주시면서 행복을 얻나요? 아니면 받으려는 욕심이 행복을 가로막나요? 오늘 외쳐보세요. '나는 줌으로써 기뻐하는 행복전도사다!'라고. 가정에서부터 줌으로써 행복해지는 사랑의 터전이 되도록 하실까요?

# 자신을 알아준
# 친구가 있는 사람은
# 행복합니다

**나를 낳아 준 것은 부모지만**
**나를 알아준 것은 포숙아다.**

＋ 관중

제가 정말 부러워하면서 좋아하는 구절은 관포지교管鮑之交입니다. 포숙아와 같은 친구가 한 명 있다면 잘 살았다고 할 수 있습니다. 함석헌은 '이런 친구를 너는 가졌는가?'에서 "온 세상이 나를 버려 마음이 외로울 때에도 '저 마음이야'하고 믿어지는 그 사람을 가졌는가?"의 그 사람이 관중에게는 포숙아입니다. 장사할 때 관중이 더 많이 가져가도 비난하지 않고, 벼슬을 나가 세 번이나 쫓겨나도 무능하다고 말하지 않고, 전투에 져서 도망쳐도 겁쟁이라고 비웃지 않고, 심지어 각기 두 왕을 따로 모신 적으로 만나, 사로잡힌 관중이 사형당하면 본인이 재상을 될 수 있는데도 관중을 추천하여 제나라의 명재상이 되게 한 이가 포숙아입니다.

마음이 통하는 친구 이야기로 백아와 종자기의 사귐도 있는데, '백아절현伯牙絶絃'의 고사입니다. 자신의 연주 소리를 알아준 종자기가 세상을 뜨자 '내 음률音律을 제대로 알아듣는 사람이 없으니 거문고를 더 뜯은들 무슨 소용이 있겠느냐'하며 거문고 줄을 끊어버린 것입니다. 그래서 '지음知音'은 소리를 안다는 뜻을 넘어 마음까지 통하는 절친한 벗을 뜻하게 되었습니다. 공자가 '나를 알아주지 않아도 성내지 않으면 군자다'라고 했는데 나를 알아주는 친구가 하나 있으면 얼마나 살맛이 나고 행복이 넘칠까요? 포숙아와 백아의 높고 깊은 우정을 본받아야 합니다. 인생의 행운 같은 축복인 '그런 친구를 가졌는가?'에 초점을 두기보다 자신이 그런 진실한 친구가 되는 것이 더 소중합니다. 저부터 그런 사람이 되자고 다짐합니다.

여러분은 관중처럼 '그런 친구'를 가진 행운의 소유자인가요? 아니면 자신이 끝없이 친구를 이해하고 존중하고 사랑해주는 바로 '그런 친구'인가요? 여러분에게 좋은 친구와 평생을 함께 할 수 있는 행운과 행복이 있으시기를.... ^^

# 친구가 있다는
# 자체가 소중하며
# 삶을 행복하게 합니다

이익의 사귐은 계속되기가 어렵고
아첨의 사귐은 오래가지 않은 법이다.

✚ 박지원

「열하일기」의 저자이자 이용후생학파로 알려진 실학자이며
사람을 사귀는 재주가 뛰어났다는 박지원의 충고는 마음에 둘
만 합니다. 저도 사람 사귀는 것을 즐거워해서 생각해보니 그
많은 사귐 중에서 진정한 믿음을 바탕으로 깊은 관계를 지금까
지 유지하는 경우가 드물어 썩 부끄럽습니다. 그 뒤편에 이익
과 아첨이 자리했기 때문인 것 같습니다. 저도 어떤 관계에서
는 이익을 얻으려고 했었기 때문에 많이 반성하고, 죄송한 마음
을 갖습니다. 헛된 욕심이었습니다. 베풀었을 때 거기에 상응相
應하는 대접이나 인정을 받지 못한 것에 분노하였고, 잘 대접하
여 부탁하였는데 상응한 결과를 얻지 못했을 때는 서운함과 함
께 상대를 비난하기도 했습니다. 사귐에 행복이 넘치고 자유롭

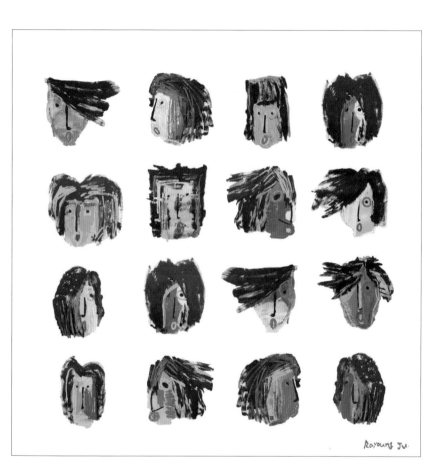

주라영 **Face시리즈 7** 2021 | Paint on PC | 110×110cm(각 24×24cm 16pcs)

기 위해서는 바라는 것이 없어야 함을 다시 느낍니다.

살아가는데 좋은 길동무를 얻는 것은 가장 기쁘고 즐거운 일입니다. 사람이 희망이기도 하지만 사람 때문에 절망하고 상처를 안고 살아가기 때문입니다. 저는 '나쁜 생각이 들면 그 친구의 얼굴이 떠올라 유혹이 물러갈 수 있는 친구를 가졌으면...' 하고 바랍니다. 제 속물근성을 나무라고 꾸짖는 친구 말입니다. 그러기 전에 제 삶을 성찰함으로써 헛된 명예욕과 재물욕, 승부욕에서 벗어나야겠습니다. 열등감에서 벗어나는 일은 성장으로 가는 또 다른 통로입니다. 친구를 소유와 조건으로 바라보는 것은 불행의 근원이며, 친구와 같이 존재한다는 자체가 소중한 일이고 행복입니다. 그냥 곁에만 있어도 좋은 친구와 흐뭇하게 서로를 바라보며 살고 싶습니다.

여러분은 친구가 부탁을 들어주지 않거나 준 만큼 돌려주지 않을 때 분노하십니까? 아니면 '그럴 수 있겠구나.' 하며 친구가 있음에 감사합니까? 친구가 자신의 욕구를 채우는 데 도움을 주는 이해관계의 동반자입니까? 아니면 희로애락을 같이하는 친구가 있다는 것 자체가 즐거움이며 바른 삶을 깨우쳐주는 길동무인가요? 저는 여러분이 계셔서 마냥 행복합니다. 그리고 감사합니다.

## CHAPTER 5

# 상대의 입장을
# 존중하면
# 행복합니다

성유진 **십장생-하늘을 유영하는 거북** 2020
mixture on canvas | 45.5×53cm

# 성유진

개인전 'longevity'(kcc gallery,usa) 외 12
아트페어 LA art show(LA CONVENTION CENTER SOUTH HALL, LA)외 28
퓨전 사극 웹툰 '한양다이어리'배경으로 삽입되는' 십장생(부분도) 이미지.
주인공인 '청담'의 방이다. 웹툰에 작품 이미지를 3D로 삽입하는 작업.
불멸의 영혼 그리고 시공을 초월한 풍경, 한국의 전통적인 심볼인 '십장생'을 영감의 원천으로 삼고 있다. 조화와 자연과의 정신적 집결을 반영하는 민속 예술 전통, 디자인, 건축등과 그 뿌리를 같이한다. 작품에 등장하는 십장생을 마주하면 장생불사에 대한 인간 물상을 시대적 집요함으로 출발하여 본인만의 시지각으로 재해석하고 있다. 그의 도전적 화면 구성, 그리고 구도와 형태, 다양한 조형속애서 아슬아슬하게 표현된 신이경을 시각미술의 틀안에서 작가의 자유로운 시선을 연출하여 다양한 이야기를 관객과 소통하고 있다.

# 마음의 눈을 닦는 일이
# 행복의 열쇠를
# 볼 수 있게 합니다

눈을 떠라! 행복의 열쇠는 어디에나 떨어져 있다.
기웃거리고 다니기 전에 마음의 눈을 닦아라.

✚ D. 카네기


　나날의 삶이 보석인데, 돼지에게는 진주가 쓸모없듯이 혜안
慧眼을 가진 사람만이 보석을 볼 수 있습니다. 같은 곳에 살아도
천국처럼 살아가는 사람과 지옥처럼 살아가는 사람이 있습니
다. 물론 무덤덤하게 사는 사람도 있는데, 인생이라는 아름다운
보석은 가치를 볼 줄 아는 사람의 몫입니다.

　행복의 길은 '행복은 스스로 가치 있다고 생각하는 목표를 좇
아가는 과정에서 얻을 수 있다.'는 에드 디너의 말처럼 기성복
처럼 만들어져 있는 것이 아니라 자신에게 잘 맞추어 가는 것입
니다. 그러기에 행복의 비결은 내 안에 있고, 내가 원하는 것을
갖는 욕망이 아니라 내가 가지고 있는 소중한 가치를 바라는 것
입니다. 마음이 순수하여 오염되지 않으면 세상을 아름답고 희

망으로 볼 수 있는 눈이 있어 여기저기서 행복의 열쇠를 볼 수 있기에 마음의 눈을 닦는 일이 먼저입니다.

여러분은 세상이 미움과 증오와 갈등으로 가득 차 지옥 같으신가요? 아니면 사랑과 행복과 평화가 넘쳐나는 천국과 같은가요? 저와 함께 마음의 눈을 닦고 행복의 나라로 가보실까요?

성유진 **lust stain** 2014 | mixture on canvas | 162×130.3cm

# 비움과 감사로
# 행복하기로 마음먹은 만큼
# 행복합니다

사람은 행복하기로 마음먹은 만큼 행복하다.

✚ 에이브러햄 링컨

    제가 좋아하는 말 중 하나가 행복이고, 좋아하면서도 여전히 의문투성이기도 한 것도 행복입니다. 행복에 대한 객관적 증거로 김태길 교수님을 비롯한 많은 학자들이 건강, 교육, 부, 명예, 자아실현, 출세 등을 들고 있지만, 개인차가 있고 어느 선에서 만족해야 하는지에 분명한 기준은 없습니다. 사회경제적 계층에 대해 워너가 지표를 만들었지만 센터스의 주관적 척도가 여전히 유효한 것은 마음을 무시할 수 없기 때문입니다.

    저도 링컨의 말에 동의하는데, 행복의 기준이 애매하고 객관화될 수 없는 것이라면 마음에 따라 달라질 것이 분명하기 때문입니다. 자신의 욕구와 욕망이 끝이 없고 늘 부족함을 느낀다면 조건을 더 갖추고 있다고 하더라도 행복하지 못할 것입니다. 글을 쓰면서 저에게 '행복한 존재인가'를 물었고, 답은 '늘 즐겁지는 않고 때로는 괴롭고 힘들며 여전히 능력이 부족하고 어리석을 때도 있지만 행복하다' 입니다. 제 마음이 밝고 긍정적이며 주위의 많은 사람이 고맙고 소중한 존재라는 사실을 믿기 때문에 행복은 더 커집니다. 무엇보다도 사랑하는 하느님이 계시다는 것과 사랑으로 길러주신 부모님, 아끼고 배려하는 형제자매, 살림 잘하고 자식을 잘 키워준 아내, 잘 자라 기쁨을 주는 두 딸과 넉넉한 마음을 가져 든든한 큰사위와 애교 넘치고 책임감이 투철한 작은 사위가 있기때문에 두 아들을 더 가진 행복을 누리고 있습니다. 더하여 언제나 넘치는 지지와 사랑을 준 친지와 동료도 있습니다. 모든 분께 감사드리며 행복은 '행복하기로 마음먹은 만큼 온다.'는 것을 다시 느낍니다.

여러분은 행복하신가요? 만약 행복하지 않다면 긍정과 감사의 마음으로 채워보시면 어떨까요? 흙수저라 원망하지 말고 지금 여기에 머무르며 행복을 찾으세요. 마음가짐에 달렸습니다. 부족하다고 느끼는 것이 빨리 채워지지는 않지만 비움과 감사가 행복을 여는 열쇠입니다. 일체유심조도 비움과 감사입니다.

# 남의 허물을 덮어주고 비밀을 지키며 지난날의 잘못에 얽매이지 않으면 행복합니다

남의 조그만 허물을 꾸짖지 말고, 비밀을 드러내지 말며,
지난날의 잘못을 생각하지 마라. 이 세 가지는
가히 덕을 기르며 또한 해로움을 멀리할 것이다.

✛ 채근담

　명나라 말기 홍자성의 어록으로 알려진, 오래전에 읽었던 채근담은 관계를 잘 유지하는 분명하고 간단한 비결을 줍니다. '자신에게는 엄격하고 남에게는 춘풍처럼 부드러워야' 좋은 관계를 만들 수 있는데, 실제는 반대인 경우가 많습니다. 자신에게는 그럴 수 있다고 너그러우면서 남의 허물은 침소봉대針小棒大하여 '그럴 줄 알았어', '뻔하지 뭐', '잘난척 하더니' 등의 말로 비아냥거리고 작은 잘못 하나로 전부를 아는 양 평가를 합니다. 저도 제가 싫어하고 미워하는 사람의 작은 잘못을 너무 일반화하는 일을 많이 저질렀기에 반성합니다. 모든 사람은 완전치 못하며, 조그만 잘못 뒤에 많은 귀하고 좋은 점이 숨어 있을 수 있습니다.

저의 장점을 하나 들라면 비밀을 잘 지켜주는 것입니다. 그러기에 한 친구는 저에게 '어떤 이야기를 털어놓을 때 신부님께 하는 고해성사와 같다.'고 했습니다. 기본적으로 상담할 수 있는 타고난 역량이 있다고 자부합니다. 저한테 불리한 경우조차도 상대를 보호했다는 것을 자신있게 말할 수 있습니다. 흔히 자신에게 불리할 때는 남의 비밀을 스스럼없이 드러내는 경우를 많이 보았는데, 경계해야 합니다.

또한 사람을 사귀고 평가하는데 지난날의 잘못에 얽매여 선

—— 성유진 **over flowing melody** 2014 | mixture on canvas | 130.3×193.9cm ——

입견을 갖는 수가 많은데 사람을 바로 보지 못하게 하는 걸림돌입니다. 과거의 잘못을 끈질기게 물고 늘어지는 것은 서로에게 적대감과 상처만 남길 뿐이며, 부부, 친구, 동료 관계에서 특히 경계해야 합니다. 지혜로운 사람은 상대의 장점을 찾아 격려하고 지지합니다. 사람은 변할 수 있는, 종교적으로는 회개 가능한 존재라는 것을 인식하고, 과거로 현재의 행복에 발목을 잡으면 안 됩니다.

채근담의 세 가지 덕목을 지키시나요? 앞으로 지켜가실 건가요? 아니면 '말로는 쉽지만 지키기 어려워.'라고 내치실 건가요? 여러분의 결정에 따라 세상은 천당이 되기도 하고 지옥이 되기도 합니다. 저와 여러분이 같이 노력해서 천국에서 함께 행복을 누리고 싶습니다.

# 느림과 여유는
# 즐거움과 행복을 줍니다

속도를 줄이고 인생을 즐겨라.
너무 빨리 가다 보면 주위 경관만 놓치는 것이 아니라,
어디로 왜 가는지도 모르게 된다.

✚ 에디 캔터

이즈레이얼 이즈코위츠가 본명本名인 미국의 가수 겸 영화배우인 캔터가 20세기 초중반 근대화가 빠르게 퍼져 바쁘게 살던 당시 사람들에게 한 말입니다. '서둘면 망친다.'는 말처럼 빠르게만 움직이면 많은 실수와 문제를 낳습니다. 욕망이 지배하는 전차와 같은 삶은 '왜?'라는 질문을 갖고 올바른 방향과 목적을 점검하며 가치를 점검해가야 함에도 불구하고 어리석게 앞만 보고 갑니다.

'주마간산走馬看山'이라, 달리는 말에서 산을 보면 제대로 보일리 없듯이 빠르게 돌아가는 우리 삶도 마찬가지입니다. 무엇이든 제대로 즐기려면 느림과 여유가 필수입니다. 음식도 빨리 먹으면 배를 채우는 행위이지 맛을 즐길 수가 없습니다. 여행도

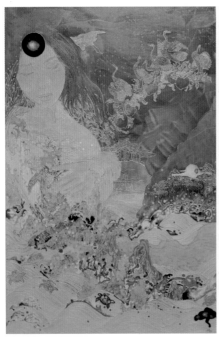

느긋하고 천천히 해야 흠뻑 즐길 수 있습니다. 필요한 것은 '쉼표'입니다. 그래야 많은 것을 느끼고 즐길 수 있을 뿐만 아니라 삶의 방향을 점검하고 바로 잡을 수 있습니다. 저도 일을 서두르는 경향이 있는데, 이제부터라도 여유와 느림의 아름다움을 즐기는 사람이 되려고 합니다. 먹는 것도, 볼 것도, 읽을거리도, 느끼는 것도 숨 고르기를 하는 느긋함으로 즐길 것입니다.

여러분은 욕심에서 비롯한 많은 과업 때문에 정신없이 사시지는 않나요? 때로는 느긋하게 '내가 어디로 가고, 왜 이것을 하는지'를 점검하시나요? 어느 날 거울에 비친 희끗희끗한 자신

— 성유진 **십장생-long live the queen** —
——— 2017 | mixture on canvas | 120×180cm ———

을 보며 '나는 무엇 때문에 세상에 있었는가?'라고 묻는 후회는
없어야 합니다. 행복한 삶을 위해 이따금 자신의 존재 의미와
삶의 방향과 가치를 묻는 여유와 쉼을 가져보실까요?

# 유머 감각은
# 삶을 원활하게 하며
# 행복으로 이끕니다

유머 감각이 없는 사람은 스프링이 없는 마차와 같다.
길 위의 모든 조약돌에 부딪힐 때마다 삐걱거린다.

✚ 헨리 와드 비처

미국 노예제도 폐지를 주장했던 회중파 목사였던 비처는 각
박한 세상에 유머로 더 여유를 갖고 살라고 합니다. 지난 세월
을 돌아보면 마음에 여유가 있고 사랑과 너그러움이 있을 때는
상대의 말이 우습고 재미있었건만 마음이 어지럽고 속이 좁아
있을 때는 저를 비난하고 낮게 여긴다고 생각하여 은근히 화를
낸 적도 있었습니다.

유머는 생활의 윤활유潤滑油인데 마음이 움츠려 있고 상대를
배려하고 공감하지 못하는 상황에서는 나오지 않습니다. 이는
관계에 문제를 일으킬 수도 있기에 유머가 잘 나오도록 마음을
어루만지고 닦을 필요가 있습니다. 윤활유가 없으면 모든 부품
이 마찰을 일으켜 삐걱거리고 고장을 일으키듯이 유머가 없으

면 관계가 무미건조하고 부드럽지 않습니다. 스프링 없는 마차가 많은 조약돌과 부딪치는 것처럼 유머가 없는 사람은 관계를 완충緩衝하고 친밀감을 얻는 데 실패하고 오해와 충돌로 갈등을 일으킬 수 있습니다. 유머는 넉넉한 마음에서 나오고 주고받을 수 있으니 마음을 닦는 일이 앞서야 입니다.

여러분은 유머를 통해 친밀하고 부드러운 인간관계를 유지하고 사시나요? 만약 유머 감각이 부족하다면 자기 마음을 들여다보고 마음에 윤활유를 쳐주면 좋겠습니다. 마음에서 길러진 유머는 다른 사람과의 관계뿐만 아니라 자신에게도 윤활유가 되어 삶을 원활하게 하며 행복으로 이끕니다. 서로 우스개를 하며 미소와 폭소, 박장대소로 즐겁게 살아보실까요?

— 성유진·박은정 **십장생-하늘을 유영하는 거북** 2019 ｜혼합재료｜240×260cm(부분) —

# 참된 지혜는
# 인간을 행복하게 합니다

**참된 지혜는 늘 인간을 침착하게 하고
올바른 조화調和를 기초로
사물을 관찰하게 한다.**

**✚ 린위탕**

선무당이 사람 잡는다는 말처럼 설익은 지식으로 재고 판단하는 어리석음이 판을 치는데, 자기와 의견이 다르면, '틀렸다'고 공격하고 배척합니다. 그러나 참된 지식과 지혜를 가진 사람은 다른 의견을 가진 사람도 그 차이를 인정하고 보듬으며 조화롭게 살아갑니다. 다른 입장과 견해가 오히려 새롭게 변화하고 성장할 수 있는 계기가 됩니다.

어떤 입장에 치우치지 않고 '내 입장이 잘못될 수도 있다.'고 열려있는 사람은 지혜를 얻습니다. 참다운 지혜는 공명정대하고 치우치지 않으며 이론과 실제가 같습니다. 참다운 지혜를 가진 사람은 부화뇌동附和雷同하지 않고 전체를 아우르는 눈으로 부분을 보는 현명함을 갖고 있기에 객관성을 잃지 않으려고 노력합니다. 나아가 자신의 입장이 틀릴 수도 있기에 겸허하게 잘못을 시인하고 고치는 여유와 용기가 있습니다. 조화調和란 사물을 나누지 않고 통합해서 보아 옳음과 그름을 두루 아우르는 것입니다.

여러분은 밴드웨건식으로 줏대 없이 휩쓸리거나 자신의 주장만을 옳다고 하며 살지는 않으시지요? 침착하고 평화롭게 전후좌우를 살피고 조화를 생각하시지요? 자신의 견해뿐만 아니라 다른 사람의 견해도 침착하게 살피는 지혜가 필요합니다. 부끄럽지만 저도 가끔은 무리하게 억지를 부려 균형감각을 잃는 궤변론자가 되기도 합니다. 참된 지혜를 가진 행복한 사람이 되어야겠습니다.

성유진 **color temptation** 2014 | mixture on canvas | 180×120cm

# 행복은 늘 곁에 있는
# 자연스러운 선물입니다

행복을 찾아 노력하는 것을 멈추어라.
그러면 정말 행복해질 수 있을 것이다.

✚ 에디스 와튼

언제 들어도 기분 좋은 말은 사랑과 행복일 것입니다. 문제는 사랑받으려 애쓰거나 행복해지려고 노력하면 그것을 얻기가 어렵다는 것입니다. 사랑과 행복은 마음을 비웠을 때 오는 자연스러운 선물이기에 물과 계절의 흐름처럼 잠시 머물다 사라지고, 다시 돌아오는 것이라 보면 행복과 사랑은 늘 내게 있는 것입니다.

노력은 수고를 동반하는 욕심과 고통이 자리합니다. 지나치게 노력하는 사람은 기대와 목표 때문에 실망하고 피곤해하며 마음의 평정을 잃기 쉽습니다. 지나고 나면 헛된 것에 마음 졸이고 애썼다는 것에 헛웃음이 나올 정도로 가벼운 일일 수 있는데, 당시에는 심각하게 혼란스럽고 힘든 일이었을 것입니다. 그러기에 행복을 위해 노력하는 일은 평화스러운 마음을 좀먹습니다. 자신을 속이지 않고 마음을 진실하게 들여다보고 아무 욕심도 없이 기쁘게 머무는 여유와 순간의 만족에 감사하는 중에 행복이 있습니다. 행복은 멀리 있는 것이 아니라 곁에 늘 있으나, '노력을 통해 얻을 수 있다.'는 자만과 힘써 얻으려는 욕심이 행복을 쫓아버립니다.

행복은 늘 옆에 있는 친구라 보시나요? 아니면 노력하지 않으면 사귈 수 없는 까다로운 친구라고 여기시나요? 조건을 따지고 노력해야만 얻을 수 있는 까다로운 친구는 멀리하라고 말하고 싶네요. 행복은 늘 옆에 함께 할 친구지, 노력해야 얻을 수 있는 까다로운 친구는 아니니까요.

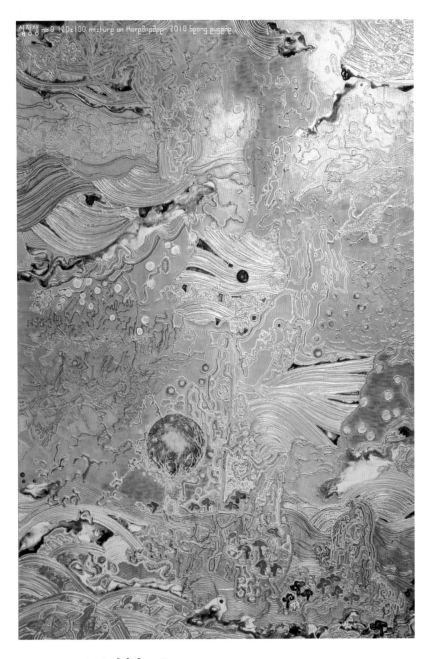

성유진 **십장생 no.8** 2018 | mixture on canvas | 180×120cm

# 행복한 가정은
# 미리 경험하는
# 천국입니다

**행복한 가정은 미리 누리는 천국이다.**

✚ 로버트 브라우닝

    신앙을 갖는 이유의 하나는 '천국에 가리라'는 희망에 있기에 현세現世의 고난과 죽음이 두렵지 않습니다. 영국의 극작가이자 시인인 브라우닝의 '한번, 단 한 번, 그리고 단 한 사람을 위해'라는 표현에서 알 수 있듯이 브라우닝은 척추장애와 가슴 동맥이 터져 시한부 생활을 하고 있던 6살 많은 시인(엘리자베스 바렛)의 시를 읽고 감명받아 열정적인 사랑의 팬레터(fan letter)를 보냈고, 그녀의 나이 39세에 혼인을 하고 그 뒤 그녀의 건강이 좋아져 15년이나 행복한 결혼생활을 하였습니다. 죽기 전, '기분이 어때요?'라는 브라우닝의 말에 '아름다워요'라며 그의 품에서 숨졌다고 합니다. 이러한 브라우닝으로서는 '행복한 가정이 천국이다.'고 할만 합니다.

그에 대한 부러움과 함께 '천국은 멀리 있는 것이 아니라 지금 여기에 있는데 파랑새를 멀리서 찾는 어리석음을 범하고 있구나'하는 생각을 했습니다. 가족과 친지, 이웃과 나누는 따뜻한 사랑과 넉넉한 인정과 배려하는 마음이 천국입니다. 서로 어려움을 감싸주고 잘못을 용서하는 아름다움이 우리가 사는 '여기'를 천국으로 만듭니다. 그것은 마치 우리가 천국에 가기 위해 애써 계명을 지키며 쾌락을 참아내는 것과 닮았습니다. 저도 마찬가지지만 조금만 참고 허용하면 평화와 아름다움이 기다리고 있다는 것을 애써 기억하지 않는 것입니다. 내세의 천국도 중요하지만, 지금 천국을 누리는 것도 소중한데, 그 시작은 가정에 있습니다.

여러분은 지금 여기가 천국이라고 보시나요? 지금부터라도 천국을 누리고 싶으신가요? 그렇다면 가정부터 행복하게 만들어보세요. '~때문에'라고 하지 말고 자신의 마음과 태도를 변화시키면 가능하다는 것을 믿고 실천하면 천국을 미리 경험하실 겁니다. 내 밥에만 신경쓰는 것이 아니라 서로 먹여주고 김치가닥 올려주는 풍경이 떠오르네요. 오늘도 천국의 주인이 되시면 좋겠네요. ^^

# 마음 깊은 곳의 정열은
# 행복이 담겨있습니다

정열은 강이나 바다와 가장 비슷하다.
얕은 것은 소리를 내지만 깊은 것은 침묵을 지킨다.

✚ 알베르 까뮈

정열이 있다는 것은 에너지가 넘친다고 볼 수 있기에 역동적으로 생각하기 쉽습니다. 까뮈의 정열에 대한 깊은 해석은 '빈 깡통이 요란하다.'는 말을 떠올리게 합니다. 겉으로 보이는 것과 내면의 본질은 같을 수도 있지만 다른 경우가 많습니다. 그래서 현실에 나타나는 얄팍함을 경계해야 하고, 그럴듯한 것보다는 진실을 더 찾아가는 것이 중요합니다.

정열의 본질은 겉으로 드러나는 와자지껄하고 화끈한 요란함만은 아닐 것입니다. 내면 깊은 곳에 자비와 인내 그리고 겸손과 존경을 넘은 흠숭欽崇이 함께 했을 때 생명력을 가질 것입니다. 이때 정열은 선善을 키우는 미덕이 됩니다. 힘으로 강요하지 않고 상대에게 온전히 맡기고, 상대가 잘못하더라도 마음으

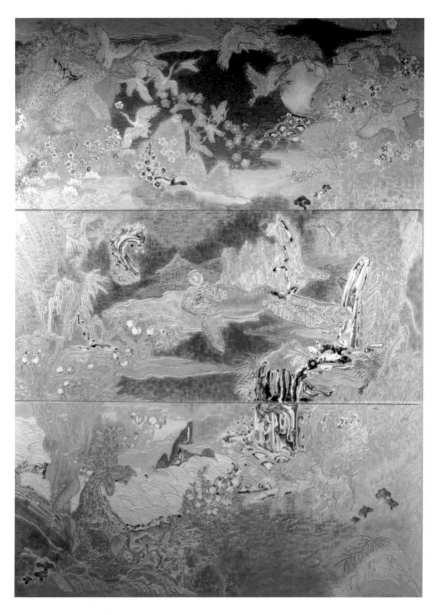

성유진 **십장생 no.4 no.5 no.6** 2018 | mixture on canvas | 255×180cm

로 용서하며, 지체할 수 없는 에너지를 품고 있더라도 서두르지 않고 자연스럽기를 기다리며, 세상의 비난과 소음에 꿋꿋할 때 진정한 정열이 있다고 볼 수 있습니다. 그러기에 깊은 정열은 침묵을 지키며, 마음 깊은 곳에 행복이 깃들어 있습니다.

여러분은 정열적이신가요? 어떤 정열을 가지셨나요? 강 같은 정열, 아니 바다 같은 정열? 오랫동안 저는 전자가 정열이라 생각했습니다. 지금은 바다와 같은 깊은 정열의 의미를 깨닫고 경거망동하지 않으려 합니다. 깊은 내면의 정열이 꺼지지 않고 타오르는 그런 사람이 되겠습니다. 행복의 길로 함께 하실까요?

# 상대의 입장을 존중하면
# 행복합니다

여행할 때 여행하고 있는 나라가
당신에게 편의를 주기 위해 설계된 것이
아니라는 것을 기억하라.
그 나라는 자기 국민들이 편하게 살도록 설계되었다.

✚ 클리프턴 패디먼

미국 라디오 퀴즈쇼 '인포메이션 플리스'의 진행자이고 작가
이자 비평가인 패디먼의 말은 여행을 좋아하는 저에게 많은 반
성을 하게 했습니다. 사람의 관계도 상대의 입장과 견해를 존중
해야 하듯 나라마다 문화적 차이 때문에 겪는 불편과 가치판단
을 미루고 그 나라를 존중해야 합니다. 남의 집 제사에 '밤 놔라
대추 놔라' 않듯 '로마에 가면 로마의 법을 따라야' 하는 것이 당
연합니다.

모든 문화는 인간이 자연물에 손을 대면서 가치가 생긴 것이
기에 지역과 나라마다 차이가 있을 수밖에 없습니다. 자연환경
이 다르고 가치를 보는 눈이 다르기 때문입니다. 자기 편의의
작은 잣대로 세상을 평가하면 갈등은 생겨나기 마련입니다. 이

성유진 **십장생-섬** 2019 | 혼합재료 | 8폭병풍

기주의는 자기에게 유리한 쪽으로 모든 것을 해석하는 데서 생깁니다. 자신의 잣대로만 세상을 보지 말고 '상대의 입장에서 충분히 그럴 수 있겠다.'고 하는 상대방을 배려하고 존중하는 여유가 있어야 합니다. '저러니까 집안(나라)이 저 모양이지'라는 편의적 사고를 벗고 이해의 지평을 넓혀야 합니다.

여러분은 상대를 이해하고 배려하시나요? 아니면 우월감으로 판단하고 평가하여 상대를 고치려고 하시나요? 갈등과 평화는 여러분의 몫입니다. 우월감과 오만에서 벗어나 더불어 가는 행복이 넘치는 아름다운 세계관을 가져보실까요?

## CHAPTER 6

삶 자체를
선택하고 즐겨야
행복합니다

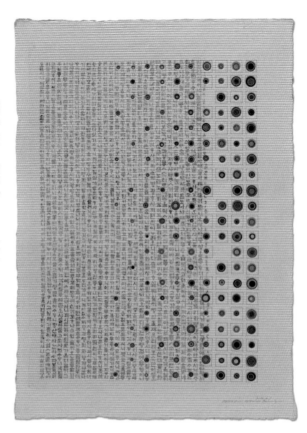

천영록 행복한 꿈으로 물들다 2021 | 수제한지 | 72×51cm

# 천영록

9회 개인전, 15회아트페어, 250여회의 초대, 단체 전시 참여 한지를 소재로 작업을 하는 아티스트이다. 하얀 눈 속에서 반짝이는 무언가가 보인다. 단지 하얀 색이라고만 생각 했던 눈들이 빛을 받으니 또 다른 색을 갖은 아름다움이 내게 눈은 색이 있다는 결론을 모티프로 삼았다.

# 어머님이 자식에게 베푸는 정성과 사랑의 마음속에 행복이 있습니다

**자식이 맛있게 먹는 모습을 보고 어머니는 행복을 느낀다.**
**자식이 좋아하는 모습은 어머니의 기쁨이기도 하다.**

✚ 플라톤

동서고금을 떠나 어머니는 자식이 좋아하는 모습을 보면 최고의 기쁨을 느낍니다. 다 큰 자식에게는 가끔 '좀 생각해주라.'고 서운함을 내보일 수 있으나 모성애는 모든 것을 감싸는 거룩한 힘이 있습니다. 서운한 자식에게도 당신보다 먼저 자식이 좋아하는 것을 챙기는 것을 보면 알 수 있습니다. 물론 지나친 모성애는 아이를 얽어매고 버릇을 잘못 들이기도 하지만 사랑을 왜곡하지만 않으면 건강하게 기르는 원동력입니다. 지금의 저도 어머니의 지극한 보살핌과 사랑 덕분입니다.

어머니의 음식이 왜 그렇게 맛있을까요? 정성과 사랑이 깃들어 있기 때문이지요. 준비할 때부터 맛있게 먹을 자식의 모습이 떠올라 좋은 재료에 갖은 양념과 사랑을 버무립니다. 그렇게 만든 음식은 몸은 물론 마음과 영혼을 건강하게 하는 약藥이 됩니다. 이 순간에도 어머니의 손맛이 그립습니다. 자식이 맛있게 먹는 모습 자체가 효도이고 기쁨입니다. 어머니를 기쁘게 하는 것은 식食·의衣·주住 생활 잘하여 늘 건강하고 행복한 모습을 보여드리는 것입니다. 어머니 앞에서 불평하고 짜증내지 않고 감사하며 공손하게 대화하고 모셔야 합니다.

어떠신지요? 어머니가 시대에 뒤떨어지고 마음을 몰라준다고 대든 적은 없나요? 저는 대든 적은 없지만, 어머니가 힘들어하실 때 '저도 더 힘들다.'고 말하며 피하려고 한 적은 있습니다. 돌아가신 뒤에 울면서 '사랑한다'고, '고맙다'고 하면 늦지 않을까요? 지금이라도 늦지 않았으니 기쁜 표정으로 대하세요. 계산은 아니지만, 어머니는 더 큰 정성과 사랑을 주실 겁니다. 그로 인해 여러분이나 어머님이나 행복합니다.

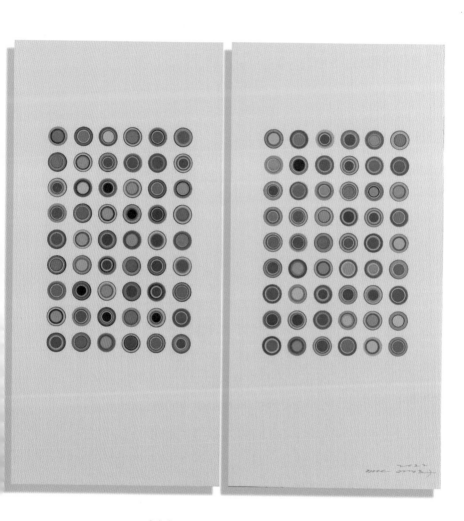

천영록 **행복한 꿈으로 물들다** 2022 | 수제한지 | 137×134cm

# 남편의 지극한 사랑은
# 아내의 소망을 작게 하는
# 행복입니다

**남편의 사랑이 지극할 때
아내의 소망은 작아진다.**

✚ 안톤 체호프

가정의 일상생활의 심리를 그린 단편을 썼던 체호프의 날카로운 한마디입니다. 욕심은 채워지지 않는 욕구에서 나옵니다. 위 구절은 남편과 아내의 관계를 잘 그린 것이기도 하지만 보통의 관계도 같습니다. 사랑과 믿음이 넘치는 관계에서는 부족함이 없기에 소망은 적을 수밖에 없습니다. 친밀한 사랑으로 채워진 관계에 의례적인 관습조차도 필요 없고 걸림돌이 되지 않습니다. '최소한 이것만은'이란 말이 자주 떠오르면 사랑이 식어가는 것을 붙잡으려는 몸부림으로 보면 됩니다.

관계에서 꼭 필요한 것은 지극한 정성이 담긴 진실한 사랑이겠지요? 사랑은 형식을 가진 틀이 아니라 자연스러움이 담긴 친밀과 헌신이지 부담이 묻어나서는 안 됩니다. 사랑하는 이에게 베푸는 것은 손익계산이 아닌 자연스럽고 당연한 일이며 주는 자체가 기쁨이기에 요청할 일도, 바람도 없고, '상대의 뜻이 그대로 이루어지게 하소서'라고 기도하는 수밖에 없습니다. 그 자체가 아름답고 기쁜 일이기 때문입니다. 서로를 행복하게 합니다.

여러분에게도 소망이 작아지는 사랑이 있으신가요? 더 바랄 것이 없고 이 세상에 함께 있다는 자체가 축복인 '사랑' 말입니다. 하느님이 계시다는 것, 사랑하는 가족과 동료가 있다는 것만으로도 충분히 살만합니다. 든든하게 의지하고 대화할 수 있는 남편이 있다는 것과 아내가 건강하게 지켜주고 있다는 것만으로도 우리는 충분히 행복합니다. 오늘의 이 축복을 아름답게 누려보실까요? 저는 또한 사랑하는 여러분이 계셔서 행복합니다.

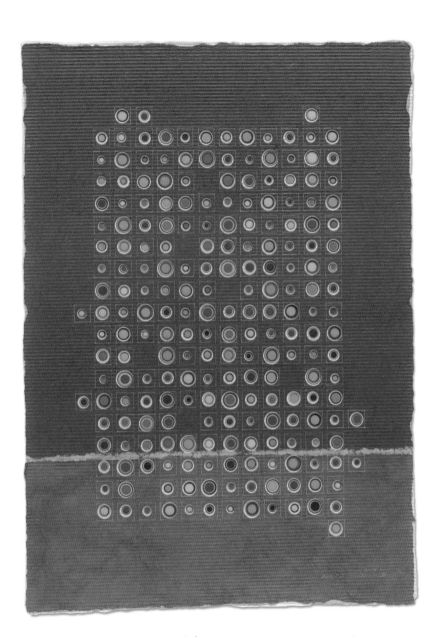

천영록 **행복한 꿈으로 물들다** 2021 | handmade koreanpaper | 73×51cm

# 내 안에 있는 빛을
# 밝히는 것은
# 행복합니다

내 안에 빛이 있다면 스스로 빛나는 법이다.
가장 중요한 것은 내 안에서
빛이 꺼지지 않도록 노력하는 일이다.

✚ 알버트 슈바이처

저는 모든 사람의 내면에 빛이 있다고 생각합니다. 색깔과 크기와 세기는 다를 수 있는데 내면의 빛은 늘 그 상태로 있는 것이 아니라 어떻게 세상에 비추고 갈고 닦느냐에 따라 변화합니다. 그 변화는 자신도 모르게 스스로 빛을 낸다는 사실이 더 놀라운 일로, 만약 빛을 밝혀주는 연료가 떨어지면 빛이 사라지듯 내면에 빛을 밝히게 하는 원료가 유지되도록 주의를 기울이고 새로 보충하도록 노력해야 합니다.

슈바이처 박사는 생명에 대한 외경畏敬 사상과 인류애라는 빛을 가지고 있었고, 평생 그 빛을 비추어서 지금까지도 우리 마음을 따뜻하게 비추고 있습니다. 슈바이처 박사는 노력이라 표현했지만, 제 생각에는 기꺼이 그리고 즐겁게, 생의 사명으로 생각지 않았으면 아프리카에서의 봉사활동은 불가능했을 것이라 봅니다. 노력하는 자체가 즐겁고 행복해야 스스로 빛나는 법입니다. 내면의 빛은 자연스러운 것이기에 꾸민다고 되는 것이 아니라 해맑은 바탕에서 투명하게 빛을 냅니다.

여러분의 내면의 빛은 무엇이며, 그것을 갈고 닦고 실천하시는지요? 저도 제 내면의 빛이 사회에 조그만 이바지라도 할 수 있도록 노력하겠습니다. 여러분도 내부의 빛이 활활 타오르도록 노력을 해보실까요? 우리 모두 행복의 빛을 밝히시게요. 여러분은 세상의 빛입니다.

# 대접받으려는
# 나이 듦의 편견에서
# 벗어나면 행복합니다

**나이를 핑계로
상석에 앉으려는 것은 꼴불견이다.**

✚ 발타자르 그라시안

    읽으면서 '나이 들어가는 것이란 무엇인가?' 생각해보았습니다. 흔히 '사람이면 다 사람이냐 사람다워야 사람이지' 하는데, 나이를 제대로 먹어야 어른이라 할 수 있겠지요. 저도 가끔은 '어린 녀석이 뭘 안다고 까불어'라고 속으로 생각한 적이 있었습니다. 나이가 들어가는 것은 단지 물리적 나이만을 뜻하는 것이 아닌데 마치 다른 것도 다 성숙하게 된다는 착각을 한 것입니다. 특히 예의범절을 중시하는 우리 사회는 나이를 큰 무기로 삼는 경향이 많습니다.

    제대로 나이가 들어간다는 것은 무엇일까요? 저는 올바른 나이 듦은 사람됨과 같은 것이라 봅니다. 지혜가 생기고 원만하고 넉넉하게 되는 것이 나이가 잘 들어가는 과정이겠지요. 그렇다

천영록 **행복한 꿈으로 물들다** 2021 | 수제한지 | 51×73cm

면 사람됨을 무엇을 뜻할까요? 제가 생각하는 사람됨은 여유, 이해, 포용, 관용, 용서, 배려가 포함된 사랑의 그릇이 커가는 것입니다. 이럴 때 그 사람에게서 고매한 향기가 납니다. 저는 이점에 부족함이 많아 크게 반성을 합니다. 물론 이런 점을 깨달은 뒤에는 후회 없이 살기 위해 노력을 합니다. '나잇값도 못한다'는 평가를 받고 싶지는 않고, 나잇값은 하고 살아야 한다는 의무에 가까운 책임감을 느낍니다. 단지 육신의 나이만으로 대접받으려는 생각은 기대와 불평불만으로 가득 차게 하여 행복하지 못하게 할 것입니다. 오히려 정신적으로 성숙한 영혼의 젊은이가 되어야 합니다.

　여러분은 잘 나이 먹어가고 있다고 보시나요? 혹시 나이라는 핑계로 남을 지배하려고 하거나 통제하려고 한 적은 없으신가요. 공자는 몇십 살의 차이에도 '가형과 친구 할 만하다.'고 했습니다. 나이 속에 담겨있는 진정한 의미를 생각하는 하루 되었으면 좋겠습니다. 대접받으려는 나이 듦의 편견에서 벗어나면 삶이 행복합니다.

# 시간을 잘 쓰면
# 행복합니다

**시간은 인간이 쓸 수 있는 것 중에서
가장 소중한 것이다.**

✚ 디오게네스

전통을 거부하고 욕망에서 해방된 도덕적 자유를 추구하는 견유학파라 불리는 디오게네스의 말은 시간을 다시 생각하게 하였습니다. 저는 '인간이 가장 필요로 하는 것이 시간이면서도 가장 후회하는 것도 시간'이라는 윌리암 펜의 말을 자주 하는데, 잘 살았다는 말은 시간을 잘 짜서 살았다는 뜻입니다.

제가 공부하는 교류분석에서는 시간을 6가지 틀로 나눕니다. 폐쇄, 의식, 잡담, 활동, 게임, 친밀이 그것입니다. 게임을 제외하고는 나름대로 시간이 의미가 있지만, 서로 마음을 열고 인격적으로 대우하는 친밀의 시간을 많이 보내는 사람을 잘 산다고 봅니다. 자신의 뜻대로 보낼 수 있는 시간이 많다는 것은 자율성을 갖는 행복한 일입니다. 글을 쓰면서 다른 사람에서 저를

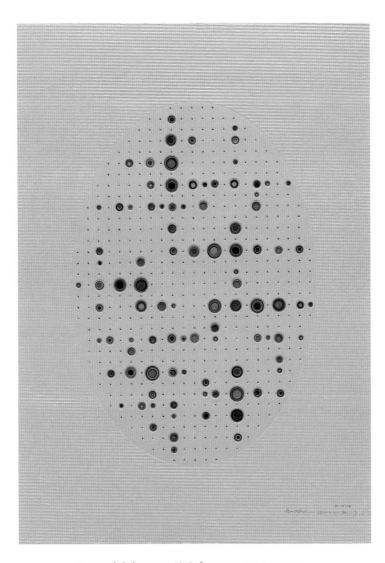

천영록 **행복한 꿈으로 물들다** 2021 | 수제한지 | 72×51cm

스스럼없이 드러내는 것은 친밀한 관계로 들어가는 계기인데, 저를 통찰하는 폐쇄적 시간뿐만 아니라 두려움과 바람이 없는 행복한 시간을 여러분과 나누고 싶습니다.

시간을 어떻게 보내시나요? 시간의 주인으로 잘 보내고 있으신가요? 길게 오래 사는 것도 중요하지만, 하고 싶은 것을 하며 선택을 후회하지 않는 시간을 보내는 것이 중요합니다. 주어진 시간을 잘 보내는 소중한 삶을 살아야겠지요. 순간순간이 모여 행복이 됩니다.

# 진실한 사람은
# 행복합니다

**불평과 거짓말은 자신을 약하게 하는 방법이다.**
**강한 사람은 불평을 입에 올리지 않는다.**
**구멍 난 자기 집 앞을 불평과 거짓말로 메우지 말고**
**진실로 메워가야 한다.**

**✦ 필립 체스터필드**

「아들아 인생을 이렇게 살아라」의 저자인 18세기 영국의 정
치가이자 문필가인 체스터필드의 말은 지혜롭게 사는 법을 일
러줍니다. 제 경험은 자신감이 넘칠 때는 불평을 하지 않고 시
련과 위기를 성장과 발전의 기회로 여겼으나, 감당하기 어렵거
나 시샘이 일어나면 상대나 세상을 비난하고 불평하며 합리화
의 방법을 찾았던 것 같습니다. 그랬을 때는 더 이상 좋아지거
나 발전적 변화도 없고 관계만 더 어려웠습니다.

착수한 모든 일이 뜻대로 이루어진다는 확신은 허상입니다.
긍정과 적극적 생각으로 일을 시작한다는 것은 실패해도 다시
도전하겠다는 의지까지 포함합니다. '로마는 하루아침에 이루
어지지 않았다.'는 말은 그 속에 수많은 시련과 피와 땀이 담겨

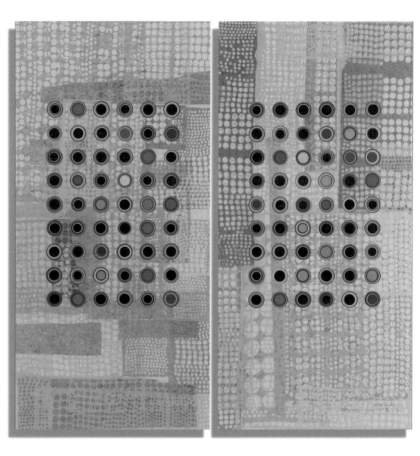

천영록 **행복한 꿈으로 물들다** 2022 | 수제한지 | 137×134cm

있다는 것입니다. 소중하고 위대한 일은 피땀과 좌절에도 핑계를 대거나 합리화하지 않는 끝없는 열정이 이룩한 것입니다. 그러기에 불평과 자기변명을 위한 거짓말로 삶을 채우는 것은 패자의 비극적 선택일 뿐입니다. 진실을 힘을 믿으며 성실하게 통찰하고 반성하는 자세가 승자의 삶을 열어갑니다.

어려움에 처했을 때 희망을 갖고 도전정신으로 이겨가시나요? 아니면 갈등과 문제를 일으켰던 사람들에 불평하며 핑계를 대시나요? 삶은 자신이 지은 의미 있고 아름다운 집인데, 희망과 진실로 얼개를 튼튼히 짜야 합니다. 행복은 진실에서 나옵니다.

# 사랑받고 있음을
# 확신하는 것이
# 최고의 행복입니다

**인생에서 최고의 행복은
사랑받고 있음을 확신하는 것이다.**

✚ 빅토르 위고

　저는 행복의 시작과 끝은 사랑이라 보는데, 위고도 같은 생각인가 봅니다. 「레미제라블」에서 장발장이 달라진 것도 미리엘 신부의 무조건적인 사랑을 느꼈기 때문입니다. '진정한 사랑은 얼어붙은 마음을 녹인다'는 '겨울왕국'의 주제도 흐뭇한 감동을 줍니다. 사랑받고 있다는 확신은 누가 할까요, 다른 사람일까요? 저는 다른 사람을 바라보는 마음이 한다고 생각합니다. 자신의 마음에 사랑이 넘쳐흐르면 상대도 아름다운 사랑으로 비쳐질 가능성이 높습니다.

　사랑의 종류는 여러 가지가 있는데 아름다운 사랑은 순수하고 소유하려 않으며 시기하지 않고 모든 것을 감싸주고 받아들이는 온유한 사랑입니다. 절대로 성내거나 어떤 것을 바라지 않

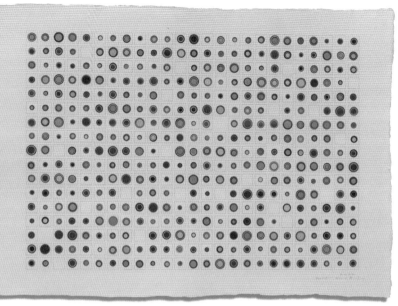

천영록 **행복한 꿈으로 물들다** 2022 | 수제한지 | 72×107cm

습니다. 욕구가 있는 것은 사랑으로 포장된 다른 어떤 것입니다. 사랑받고 있다는 것도 물질적인 것과 다른 이기적인 욕망이 있는 것은 오래가지 못하기에 사랑받고 있음을 확신하는 것이 쉽지않습니다. 가끔은 표현 행위로 사랑을 평가하기에 진정한 사랑과 사이비 사랑을 구별하기 힘듭니다.

처음으로 사랑을 느끼게 한 존재는 누구였을까 생각해 본 적 있으신가요? 누가 가장 먼저 떠오르며, 기분은 어떠신가요? 그 때의 행복한 기분을 나누어도 즐겁고 보람차며, 거꾸로 자기가 사랑을 준 사람이 누구였는지 떠올려도 행복합니다. 사랑은 주

는 것만으로도 행복한데 자신을 사랑해주는 사람이 있다는 사
실은 '인생은 살만한 것'이라는 감정을 줍니다. 오늘은 마음속
깊은 곳에 사랑을 간직하고 아름다운 기억들만 생각하는 행복
을 느껴보시기 바랍니다.

# 다른 생명체를
# 더불어 살리는 일은
# 우리를 행복하게 합니다

**인간에게는 동물을 다스릴 권한이 있는 것이 아니라
모든 생명체를 지킬 의무가 있다.**

✚ 제인 구달

이런 노랫구절이 떠올랐습니다. '까치까치 설날은 어저께고
요, 우리우리 설날은 오늘이래요.' 모든 것을 살아있는 생명체
와 함께 나누고 그들을 염두에 둔 것입니다. 어느 순간부터 인
간이 오만해져서 모든 생명체를 수단으로 삼아 지배하고 착취
하는 지경에 이르렀으니 반성하면서 온 생명체를 지킬 의무에
대해 생각해봐야 합니다.

인간은 이기적이어서 생태운동을 하면서도 이해관계를 따지
고 이익을 구하려고 합니다. '생태'의 큰 뜻은 지상의 모든 생명
체, 유기물, 무기물까지도 한 가족이라는 생각으로, 커다란 하
나의 생명 덩어리라는 것입니다. 언뜻 보기에는 숲이 연어의 회
귀와 관련 없이 보일지 모르지만 연결되어 있다는 것이 밝혀졌

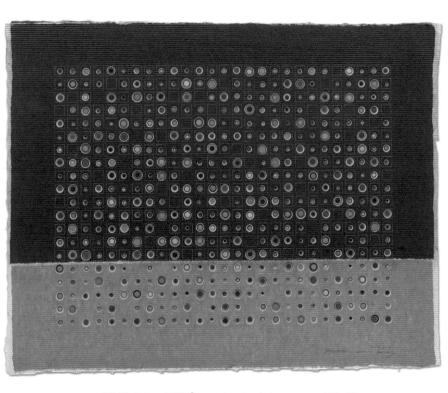

—— 천영록 **행복한 꿈으로 물들다** 2021 │ handmade koreanpaper │ 74×96cm ——

듯이 인간의 모든 행위도 생태계의 중요한 변수로 작용하며 인간의 태도에 따라 지구의 생명도 달라집니다. 결국, 다른 생명체를 지키는 일은 우리 삶의 터전과도 깊게 연결됩니다. 상부상조相扶相助의 공동체 정신을 살리는 것이야말로 시대를 잘 살아가는 바탕입니다. 나만 잘 살려고 하지 말고 다른 생명체도 더불어 살리는 지혜를 가져야겠습니다.

여러분은 '내가 노력하므로 내가 존재한다.'는 생각은 없으신가요? 우리가 사는 데는 하늘과 땅과 사람과 수많은 다른 생명체의 도움이 있기에 다른 생명체를 지키고 보존하는 일은 자신을 살리는 일입니다. 더불어 행복한 생명공동체를 만드는 것은 우리의 의무이자 필수입니다.

# 아이들의 미소와 웃음은
# 우리를 행복하게 합니다

아이들의 미소와 웃음을 즐겨라.
세상에 이보다 더 귀한 것은 없다.

✚ 사무엘 존슨

8년 동안 엮은 「영어사전」이 역사상 최고의 형식과 편집기술을 갖추었다는 평가를 받는 사전편찬자이자 셰익스피어 이후 영국에서 가장 뛰어난 저술가이자 비평가라고 하는 존슨의 천진난만함을 알 수 있네요. 읽으며 소파 방정환의 '어린이 예찬'이 떠올랐습니다. 아이들의 자는 모습은 평화로운데 방글방글 웃으면 모든 이에게 기쁨을 줍니다. 아이들의 미소와 웃음만큼 순수한 아름다움은 없을 것입니다. 아이들의 웃음을 보면 영혼이 맑아지고 저절로 행복해집니다.

살다 보니 맑고 깨끗한 웃음도 있지만, 사회적 관계 형성을 위해 뜻 없이 웃는 의례적인 웃음, 나아가 안팎이 다른 위선적인 웃음도 있으니 안타깝습니다. 웃으면 복이 온다고 늘 말하지

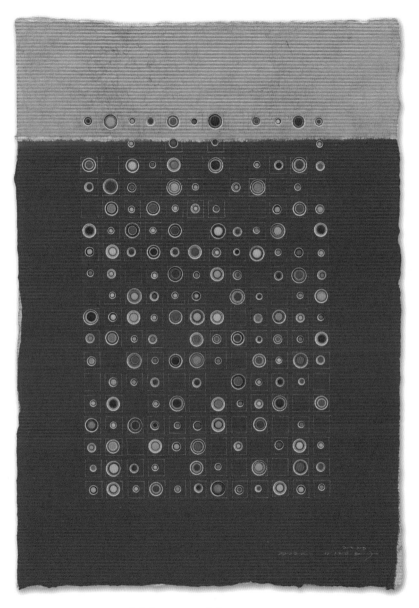

천영록 **행복한 꿈으로 물들다** 2020 | 수제한지 | 73×51cm

만 쉽지 않습니다. 왜냐하면, 웃음이 순수성을 잃으면 더는 웃음이 아니기 때문입니다. 가슴을 펴고 호탕하게 모든 근심·걱정 털어버리고 문제를 해결해주는 웃음이 절로 나오는 세상이 됐으면 좋겠습니다. 그러면 마음이 맑아지고 행복한 천국이 됩니다.

여러분은 늘 웃거나 미소를 짓고 사시나요? 혹 슬픔과 고뇌에 빠져 웃음을 잃고 사시나요? 어린 시절로 돌아가 활짝 웃어 보시지요. 아이들의 미소를 즐기는 것도 필요하지만 스스로 어린이가 되어보는 것이 더 확실합니다. 행복은 스스로 천진난만한 어린이가 되면 저절로 찾아옵니다. 온 가족이 아이들처럼 미소와 웃음 짓는 즐거움에 흠뻑 빠져 보시기 바랍니다.

# 삶 자체를 선택하고
# 즐겨야 행복합니다

출생과 죽음은 피할 수 없으므로
그 사이를 즐겨라.

✚ 조지 산타야나

스페인 태생인 미국의 비판적 실재주의자인 산타야나. 성인
으로 추앙받는 소크라테스를 아내인 크산티페는 무능한 남편으
로 보았고, 음악의 신동인 모짜르트도 아내에게는 바람둥이에
낭비벽이 심한 생활력 없는 보기 싫은 남편이었습니다. 모든 사
람은 세상과 사람을 보는 눈이 다 다르다는 것을 비판적 실재주
의라는 입장으로 명쾌하게 설명합니다. '프리즘'이라고도 하고,
'프레임'이라고도 하고, '필터'라고 하며 '걸러낸다'고도 이르며
다른 학문영역에서도 여러 표현을 하고 있습니다.

그렇다면 세상을 어떻게 바라보고 선택하며 사느냐가 행복
을 결정합니다. 어디서 와서 어디로 가느냐는 자신의 선택을 뛰
어넘는 피할 수 없는 문제이고, '무엇을 하고 어떻게 사느냐?'에

대한 질문은 '자신의 뜻대로 무조건 되는 것은 아니지만 적어도 선택을 통해 책임을 지는 주인은 될 수 있다'는 것을 염두에 두었다는 것을 뜻합니다. 세상을 희망적이고 아름답게 바라보고 살면 즐거운 터전이 되지만 부정적으로 보면 지옥이 됩니다. 순수한 눈으로 아름답게 세상을 바라보는 것은 천국을 즐기는 축복입니다. 그러기에 '출생과 죽음 사이를 즐기라'는 말은 삶을 해석하고 바라보는 책임 있는 주인으로서의 사명을 돌아보도록 합니다. 삶 자체를 즐기는 행위가 행복입니다.

세상이 즐거운 천국이신가요, 아니면 힘에 겨우신가요? 창조주의 영역은 빼고, 우리가 선택해서 즐겁고 행복한 곳으로 변화시킬 수 있는, 책임질 수 있는 것은 주인으로써 당당해야 합니다. 이 순간부터는 후회하지 말고 주어진 생을 축복으로 알고 당당하게 멋지게 선택하고 즐겨보시지요.

## CHAPTER 7

행복은
죽음을 잘
준비한 자의
몫입니다

최순임의 **여행자 Traveler** 2018 | Acrylic on Wood Panel | 120×80cm

# 최순임

전남대학교 예술대학, 대학원(조소전공)을 졸업하고 개인전 20회, 기획, 단체전 100여회 참여했다. 인간의 내면과 외부 세계를 통찰하는 여행자. 삶에 대한 고뇌와 불안까지도 작품안에선 결국 낙관적인 느낌으로 수렴된다. 이는 작가의 내면에 깃든 어린아이같은 심성, 즉 동심이란 단순히 순진무구한 마음만을 의미하지 않는다. 살아가면서 외부의 다양한 압력에도 불구하고 본연의 성정을 지키며 자유로울 수 있는 힘이다. 그 힘으로 예술적 상상력이 피어났고 앞으로도 그러할 것이다. 예술적 상상력이 펼쳐놓은 세상에서 주인공은 새로운 세계로 가는 행복한 여행을 꿈꾼다.

# 가장 적은 것으로
# 만족하는 부자는
# 행복합니다

**가장 적은 것으로도 만족하는 사람이
가장 부자이다.**

✚ 소크라테스

    욕망은 끝이 없어서 만족할 줄 모르고 다들 더 많은 부와 명예를 얻기 위해 애를 씁니다. 어떤 사람은 최소한의 여건에도 만족하고 감사하며 기쁨에 넘쳐 사는가 하면 다른 이는 더 많이 가진 사람과 비교하며 열등감에 빠져 행복을 누리지 못합니다. 어떤 이들은 충분한 능력과 부를 가졌음에도 목표를 지나치게 세워 이룰 수 없는 목표로 돌진突進하다 실망하고 자책하며 삶을 즐기지도 못하고 생을 마칩니다. 「채근담」은 '호사하는 사람은 돈이 많아도 늘 모자라니, 어찌 가난해도 늘 남는 검소한 사람만 하겠는가!'라고 합니다. 현재에 감사하고 만족하는 사람이 부자입니다. 즉 행복한 부자입니다.

    지나온 세월이 부끄럽게 저도 한때 남이 가진 좋은 조건을 시샘하며 지냈습니다. 그래서 만족은 없고 상대를 비난하기도 하고 흠집을 내는 데 말없이 동조도 하고 열등감에 사로잡히기도 했습니다. 철이 들어 생각해보니 그때도 충분히 괜찮은 존재였는데 욕심과 비교比較로 정체감을 세우지 못하고 저를 제대로 보지 못한 어리석음이 있었습니다. 지금은 많이 달라졌습니다. 상대를 인정하고 저에 대해서도 이만하면 괜찮다는 자존감이 있어 행복합니다. 부족하면 부족한 대로 여유 있으면 있는 그대로를 즐길 수 있으니 부자입니다.^^

현재에 만족하며 평안하시나요? 일부러 가난하게 살라는 것은 아니지만, 감사하고 축복이라 생각하면 행복하고 부유해집니다. 마음가짐이 부유하게도 하고 가난하게도 하니, 때로는 가난도 즐김으로써 행복을 함께 나누는 인생을 살아보실까요.

최순임 **여행자 Traveler** 2018 | Acrylic on Wood Panel | 120×80cm

# 반성하는 사람은
# 행복합니다

반성하지 않는 삶은
살 가치가 없다.

✛ 소크라테스

    너무 평범하고 당연한 말이고, 모든 사람에게 회자되고 있기에 가볍게 지나갈 수 있으나 곱씹어 볼 만합니다. 공자도 자신의 모든 말은 지어낸 것이 아니라 옛 성현의 말씀을 적은 것에 불과하다며 '술이부작述而不作'이라 했는데 참 좋아하는 구절입니다. 이따금 제가 한 문장을 써놓고 감탄할 때가 있는데 사실 옛 어른들이 하신 말씀을 되풀이하고 있을 뿐입니다. 반성과 삶의 가치에 대한 문제도 사람들이 평범하게 이야기하고 있지만 되새겨야 하는 것이지요.

    저도 반성에 대한 말을 많이 하지만 정작 제가 진지하게 편견과 판단 없이 반성하는 경우도 많으니 부끄럽기 짝이 없습니다. 저한테 유리하고 이득이 되면 잘된 것이고, 불리하거나 주변 사

—— 최순임 **I got your back. Don't worry** 2017 | 레진 | 150×60×150, 벤치 가변설치 ——

람에게 피해가 가면 잘못된 것이라 헐뜯고 상대를 탓한 적이 많았기 때문입니다. 이는 반성이 아니라 작위적 평가와 합리화를 묶은 변명에 불과합니다. 진정한 반성은 호불호나 일의 결과를 떠나 삶에 대한 통찰이기에 이해관계를 떠난 것이어야 합니다. 가치와 의미에 대한 성찰이 없는 반성은 헛된 것입니다. 무조건 부정하는 것은 아니지만, 업적과 성과 중심의 효율적인 피드백에 불과합니다. 인간은 부족한 존재이기에 완전을 동경憧

懍하고, 그것으로 향하면서 반성을 해야만 하는 의미 있는 존재입니다.

사람이 아름다운 것은 실수와 잘못도 많이 하지만 반성할 수 있다는 것 아닐까요? 제대로 된 반성 없이 행복할 수 있다는 것은 말이 되지 않는 듯합니다.

# 허세가 없으면
# 행복합니다

**가장 큰 죄악은
허세를 부리는 것이다.**

＋ 커트 코베인

미국의 록 그룹 '너바다'의 멤버로 'X세대 대변자'로 불리는 코베인다운 말로, 솔직담백한 표현이 확실합니다. 저를 포함한 상당수의 사람들이 아는 척, 가진 척, 욕심 없는 척, 이해하는 척, 행복한 척하며 삽니다. 이런 것이 자신을 진솔하게 나타내지 않고 부풀리고 꾸미는 허세虛勢입니다. 상대의 허세에 처세處世로 응應하며, '그러시죠, 당연하죠, 옳은 말입니다'라면서 위선僞善의 미소를 띱니다.

이런 관계는 마음에 나쁜 낙인烙印과 라켓감정을 쌓아둡니다. 마음의 불편함은 몸의 질병까지 영향을 미칩니다. 자신이 알고 있는 사실과 진실한 감정 표현을 위해 상대에게 상처를 줘도 괜찮다거나 상대의 입장을 배려하지 말라는 것은 아닙니다. 진실

최순임 **여행자 Traveler** 청화백자 꿈 2021 | Acrylic on Canvas | 74×60cm

을 안다는 것은 무척 어려운 일이니 섣부른 판단으로 움직여서는 안 되고, 진실을 알았다 할지라도 꼭 상대의 인격을 존중하여 전달하는 것이 중요합니다. 때로는 상대에게 용기를 주거나 자신감을 주기 위해서 '하얀 거짓말'이 필요할 때가 있지만 자신의 이득을 위해 교언영색巧言令色 하는 일은 비굴합니다. 허세 없이 사는 것은 해맑은 영혼을 빛나게 하는 행복한 삶의 주춧돌입니다

어떠십니까? 아름다운 교제를 위해 맑은 마음을 잘 나누시나요? 혹 상대를 통해 이익을 얻거나 상대에게 열등감을 느끼게 하기 위해서 과장과 허세를 부린 때는 없으시나요? 허세는 자신과 남에게 상처를 주는 죄악이고, 허세가 많으면 자신의 마음도 시나브로 병들어 가니 마음의 끈을 단단히 묶어보실까요?

# 때로는 침묵이
# 삶을 행복하게 합니다

입을 열어 모든 의혹을 없애는 것보다
침묵을 지켜 바보로 보이는 것이 낫다.

✦ 에이브러햄 링컨

저도 상대와 얘기하는 것을 즐기지만, 가끔 말의 한계와 유희성 그리고 포장된 선善과 오해에 대한 체험을 많이 합니다. 가끔은 일을 빨리 정리하고 분명히 하려는 제 성향과 직설적인 어법 때문에 갈등이 있기도 했습니다. 그럴 때 제 말의 뜻을 설명해 오해와 의혹을 없애려고 하는 과정에서 더 많은 문제가 생기는 경우도 있었습니다. '그런 의도는 아니었는데 그렇게 들릴수도, 해석될 수도 있겠네요. 죄송합니다'라고 하면, 시간이 지나 진실이 밝혀지고 상대가 이해하는 경우가 많은데, '당신은왜 그렇게 받아들이고 해석하세요. 잘못이에요'라고 하면 관계는 꼬여가고 오해로 묻혀있는 경우가 많았습니다.

'말이 많으면 실수가 많다'는데 많은 말로 상대를 설득하고 변명하려 하기보다는 상대가 왜 그렇게 받아들였을까를 생각하고 이해하면 문제가 쉽게 풀리는 경우가 많습니다. 정확하고 분명한 논리와 근거보다도 진실성과 일치성, 따뜻한 이해를 가지고 받아들이며 묵묵히 있으면 상대가 변할 수 있습니다. 상대가 자신을 무시하고 바보로 느낀다고 여길지 모르지만 그렇지 않습니다. 진실하고 친밀한 관계와 소통에는 시간이 필요하기에 마음의 여유와 큰 수용이 필요한 것이지요.

여러분도 저처럼 많은 시행착오를 거치셨나요? 느긋하게 상대의 해석과 입장을 받아들이고 이해를 기다리시나요? 침묵의 지혜를 묵상黙想하는 하루 되었으면 합니다. 때로는 침묵이 삶을 행복하게 합니다.

최순임 **여행자 Traveler** 2018 | Acrylic on Wood Panel | 120×80cm

# 지금, 여기에서
# 최선을 다한 삶은
# 행복합니다

**지금 바로 죽는다면
나는 살아있는 가장 행복한 사람일 거야.**

✚ 사무엘 골드윈

영화 '폭풍의 언덕'과 '비정'의 제작자이자 프로듀서였던 골드원의 말은 그가 어떻게 살았는가를 보여줍니다. 이 말을 보며 '어떤 그림이 최고로 좋은 그림입니까?'란 질문에 '지금 그리는 그림이요'라고 대답했다는 고호의 말이 떠오릅니다. 고호가 얼마나 혼신渾身을 다해 그림을 그렸는가를 알 수 있지요. '지금 여기'가 가장 소중함에도 사람들은 그것을 잊고 살아갑니다. 골드원의 삶이 부럽습니다.

죽음이 언제 찾아올지도 모르고, 지금은 살아있기에 천년만년 살 것 같은 착각을 합니다. 오래 살고 잘산다는 것은 무엇일까요? 아마 죽음의 그림자가 드리울 때까지 후회 없이 최선을 다하는 것이겠지요. 삶은 양의 문제이기도 하지만 질의 문제가 더 소중합니다. 100세를 살았다고 해도 의미 없이 살아왔다면 잘살았다고 할 수 있을는지요?

저도 이쯤에서 중간 점검이 필요한 듯합니다. 지나간 일을 후회하고 반성하기 위해서라기보다는 '지나간 일은 지나간 대로 어떤 의미가 있겠죠'라는 노래 가사처럼 후회하지 않을 앞날을 위한 점검이지요. 최선을 다하고 진정으로 하고 싶은 일을 하다 실패한 것은 나름대로 뜻이 있고 후회는 없을 것입니다. 그러나 기회가 왔을 때 하지 않았거나 우물쭈물하다가 놓친 일이 있으면 가치 있게 산 것은 아니라고 말할 수 있습니다.

지금 이 순간에 머무르며 최선을 다하고 계시나요? 아니면 시간을 죽이며 '~할걸'하면서 후회하시나요? 바로 죽는다 해도 후회스럽지 않고 '잘 살고 간다'라고 말하는 행복한 사람이시나요? 누구에게든 주어진 시간은 같습니다. 지금 주어진 시간과 환경을 축복하며 '지금 죽어도 두렵지 않은', 후회 없이 최선을 다하는 행복한 삶을 살아야 하지 않을까요?

# 어리석음과 사악함에서 벗어나
# 오래 잘사는 삶은
# 행복합니다

**오래 살기를 원하면 잘 살아라.**
**어리석음과 사악함이 수명을 줄인다.**

✚ 벤자민 프랭클린

   그의 성실함을 반영하듯 각 장마다 하루를 잘 살고 반성케 하는 격언이 적혀있는 프랭클린 다이어리가 있습니다. 그대로 실천하기는 힘들겠지만 잘 살아가는 지혜가 담겨 있습니다. 하루하루가 삶의 질을 결정합니다. 프랭클린은 단순히 나날의 삶을 그럭저럭 보내며 길게 사는 것이 오래 사는 것이 아니라 진정으로 살고 싶은 의미를 가지고 잘사는 것이 오래 사는 것이라 말합니다.

   어리석음과 사악함은 잘사는 삶의 커다란 장애이자 수명을 줄이는 요인입니다. 어리석음은 세상을 올바로 볼 수 있는 눈을 가려 사실을 비틀고 잘못 판단하여 진실을 보지 못하고 헛된 욕심에 얽매게 합니다. 뿐만 아니라 사악함은 갖은 수단으로 자신의 욕망만을 채우려 하여 갈등으로 몰아넣으니 편할 날이 없고, 살아도 사는 것이 아닙니다. 사랑과 평화와 현명함이 넘치는 것이 잘살고 행복한 삶이기에 오래 살게 하는 기틀이 됩니다. 시기와 질투와 욕심이 없으니 얼마나 아름다운가요?

　오래 산다는 것은 무엇일까요? 잘사는 것이 오래 사는 것이라 보시나요? 자신에게 주어진 시간은 양으로만 이뤄진 것이 아니라 질質도 갖고 있으니 수명이 길다고 꼭 오래 사는 것은 아닙니다. 어리석음과 사악함에서 벗어나 오래도록 행복하게 잘 사세요.^^

———— 최순임 **여행자 Traveler 꿈꾸는 회전목마** 2021 | Acrylic Wood Panel | 182×224cm ————

# 어려움도 나누어
# 함께 이겨내면
# 즐겁고 행복합니다

**여럿이 함께 가면 험한 길도 즐겁다.**

✚ 신영복

아프리카 속담에 '빨리 가려면 혼자 가고, 멀리 가려면 여럿이 가라'는 말이 있습니다. 신영복 선생은 여럿이 가면 험한 길도 갈 수 있다가 아니고 '즐겁다'라고 하며, 아름답게 동행하고 고난을 나누며 더불어 숲이 되는 공동체에 대한 지향을 분명히 하고 있습니다. 승화昇華란 소극적으로 넘어서는 것이 아니라 적극적인 열정으로 가능케 해가는 것입니다. 또 선생은 '사랑은 장미가 아니라 함께 핀 안개꽃입니다'라고 말하였고, '돕는다는 것은 우산을 들어주는 것이 아니라 함께 비를 맞는 것입니다'라고 하여 상대의 아픈 심정과 고난을 함께하는 뜻을 뚜렷하게 표현하였습니다. 뿐만 아니라 '나무가 나무에게 말했습니다. 우리 더불어 숲이 되자고'라고 하여 나와 너, 그들까지 다 어울리는 대동大同세상을 만들어 가자고 합니다. 진정한 희망을 이뤄내기 위해서는 고난을 이겨내고 환상과 거품을 거둬내야 하는데 그러기 위해서는 여럿이 함께 가야 한다고 하십니다.

여러분은 어려움을 나누고 즐거움은 함께하시나요? '여럿이 함께, 더불어'라는 말에 느낌이 오십니까? 그렇다면 어떤 사람과 함께 하고 싶으신가요? 기본을 알고 자연의 순리를 알며, 삶의 가치와 의미를 찾으려 노력하는 사람 아닌가요? 저부터 반성하고 그런 분들과 아름답고 행복한 세상을 만들도록 노력하겠습니다. 함께 하실까요? ^^

최순임 **I got your back. Don't worry** 2017 | 레진 | 40×30×75cm

# 인생의 고난을 통해
# 축복과 행복을 압니다

인생은 자유로이 여행할 수 있도록
시원하게 뚫린 큰 길이 아니다.
때로는 길을 잃고 헤매기도 하고,
때로는 막다른 길에서 좌절하기도 하는
미로迷路와도 같다.

✚ A.J. 크로닌

「천국의 열쇠」와 「성채」의 저자 크로닌은 근원적인 사랑으로
사회의 부조리에 맞서며 하느님의 이웃사랑 정신을 실천하는
삶을 그린 소설로 큰 감동을 줍니다. 삶이 기대대로 평탄하지는
않고, 많은 좌절을 겪고 방황도 하는 것이 인생입니다. 그러나
그러한 고행의 과정을 지내고 나면 축복이 다가옵니다.

이때 우리는 신에 기도하며 방향을 묻고 경건해집니다. 성숙
하고 진지해지는 과정이지요. '비 온 뒤에 땅이 더 굳어진다.'는
말처럼 시련은 더 나은 삶을 위한 진통임에 틀림이 없습니다.

자신의 힘으로 인생이라는 여행길의 어려움을 넘어설 수도
있으나 어려운 시기의 묵상과 기도는 삶을 새롭게 바라보는 회
심回心을 통한 구원과 은총의 신비를 가져다주는 원천입니다.

사랑하는 이웃이 새로 생기기도 하고 내면에 숨어있는 신비한 사랑의 힘을 새삼 발견하기도 합니다. 근원적인 모순을 이겨낼 궁극적인 힘은 '서로 사랑하라'는 하느님의 계명을 실천하는 것입니다. 삶의 여정은 혼자 하는 것이 아니라 더불어 가기 때문에 어떤 일도 사랑이 없으면 아무것도 아닙니다. 사랑을 발견하고 그것으로 많은 부조리와 모순을 풀어갈 수 있으니, 결국 행복은 고난 속에 핀 꽃과 열매이지요.

살면서 부딪히는 많은 어려움을 어떻게 받아들이시고 이겨내시나요? 자신의 생각과 다른 많은 일들을 어떻게 푸시나요? 저는 사랑의 힘이라 생각합니다. 사랑만이 배려도 이해도 수용도 가능케 하고 고난도 이겨내게 하니, 어렵고 힘들수록 사랑의 위대한 힘을 생각하며 어려움과 좌절을 극복하고 행복의 나라로 가시게요.

# 행복은
# 죽음을 잘
# 준비한 자의 몫입니다

**세상에 죽음만큼 확실한 것도 없다.
그런데 사람들은 겨우살이 준비는 하면서도
죽음은 준비하지 않는다.**

✚ 레프 톨스토이

「전쟁과 평화」(1869)와 「안나 카레니나」(1877)로 유명한 러시아 사실주의 문학의 대문호大文豪이자 개혁가이기도 했던 톨스토이는 고뇌하면서도 잘 살다 간 행동하는 지식인입니다. 특히 평등하고 자유로운 교육을 실천했으며, 독실한 기독교 신앙으로 「하느님 나라는 당신 안에 있다」(1894)와 「사랑 있는 곳에 하느님이 있다」란 단편소설에서도 밝히고 있듯 전지전능한 하느님을 공경하고, 가난한 사람 심지어 죄인까지도 사랑하라고 하며 폭력을 쓰지 말라고 주장하며 실천했습니다.

모든 인간에게 죽음이라는 것은 분명합니다. 피해 갈 수 없습니다. 죽음을 생각하지 않는 것은 기억하고 싶지 않거나 순간적으로 잊을 뿐이지, 죽음 때문에 하루하루가 소중한 것입니다.

최순임 **여행자 Traveler** 2018 | Resin | 25×25×45cm

잘 죽기 위해 잘 사는 것이며, 행복한 삶이 복된 글을 남깁니다. 톨스토이도 귀족이었기에 부유하고 편한 생활을 누릴 수 있었을 텐데, '왜 그가 이런 말을 할 수밖에 없었을까?' 생각해야 합니다. 종교에서 죽음은 내세來世, 부활復活, 업業, 환생還生의 문제와 연결됩니다. 삶이 끝나는 순간 모든 것이 없어지는 것이 아니라 새 생명으로의 다시 시작됩니다. 그렇다면 유한한 삶의 일시적 즐거움과 쾌락보다는 의미와 가치, 참다움이 죽음의 문제와 연결되는 것이기에 겨우살이 준비에만 매달리지 말고 더 긴 안목으로 준비해야 합니다. '우선 먹기는 곶감이 달다.'는 말처럼 그때그때의 재미와 필요에 휘둘리지 말고 가끔 느긋하게 바라보며 삶의 과업을 생각해보아야 합니다. 톨스토이는 이런 말을 할 수 있는 자격이 충분한 데 반해 저는 이런 말을 할 자격도 없고 부끄러운 존재입니다. 그러나 '소풍과 같은 아름다운 삶이었다.'고 얘기한 천상병 시인처럼 '순박한 삶도 좋다'라고 포도주 한 잔을 곁들이며 죽은 칸트를 본받고 싶은 마음은 있습니다. 죽음을 향해가는 존재로서 자각하는 삶을 다시 고찰考察하는 계기가 되었습니다.

여러분은 삶을 마치며 쓰고 싶은 묘비명이 무엇인지요? 오늘의 삶이 죽음과 연결되어 있는지요? 오늘 하루, 어떻게 죽음을 대비하고 후회 없이 살아야 하는지 생각해보면 좋겠습니다. 죽음을 잘 준비하는 것은 행복한 삶과 연결되어 있습니다.

# 강점과 미덕으로 인한
# 긍정적인 감정은
# 행복의 원천입니다

**순간적인 쾌락이 아닌
자신의 강점과 미덕을 펼쳐내 얻은
긍정적 감정이야말로 완전한 것이다.**

✚ 마틴 셀리그만

 긍정심리학의 창시자로 '행복한 낙관주의'를 가르쳐준 셀리
그만. 그가 순간적 쾌락과 단순한 즐거움이 아닌 가치를 생각하
게 하는 긍정적 감정을 말하고 있습니다. 개인의 강점과 미덕을
아는 일은 가치 있는 삶으로 이끄는 열쇠입니다. 그래서 조지
베일런트 교수는 강점을 성숙한 방어기제라고 합니다.

 캐더린 달스가드의 주도로 인류의 성인으로 존경받는 분들
과 가치가 있고 사람들에게 영향을 미치는 경전經典과 책을 분
석했습니다. 추상적이긴 하지만 바람직한 덕德을 지혜와 지식,
용기, 사랑과 인간애, 정의감, 절제력, 영성과 초월성 등으로 정
리하고 있습니다. 제 미덕美德은 무엇일까를 생각해보았습니다.
호기심과 배우려는 욕구가 강하고 대인관계가 좋고, 지혜와 지

최순임 **여행자 Traveler 백자 달항아리** 2021 | Acrylic on Canvas | 74×60cm

식, 친절과 아량과 배려, 열린 마음에 바탕한 인간애가 강점이자 미덕이 아닐까 생각합니다. 모든 덕목을 다 가지면 좋으련만 그렇지 못한 것이 인간이고, 때로는 이러한 강점이 성숙한 방어기제로 작용하는 것이 사실입니다.

어떤 강점과 미덕을 가지고 계시나요? 행복을 위해 자신의 강점과 미덕을 꼭 찾으세요. 그래야 성숙한 방어기제를 통해 행복을 꽃피울 수 있으니까요. 저도 순간의 쾌락에 빠지지 않고 건강하지 않은 악덕과 약점을 쫓지 않고 건강한 미덕과 강점을 키우도록 노력하겠습니다. 이것이 행복의 원천입니다.

## CHAPTER 8

비움은
곧 충만이고
행복입니다

강다희 **Paint the Light**(빛을 그리다) 2023 | Acrylic mixed material | 27.3×19cm

# 강다희

일본교류전 커미셔너로 활동하며, 개인전 5회, 도쿄 한국대사관 한국문화원 갤러리 MI, 삿포로 Retara갤러리, 일본나가노 E.N 갤러리등 한일교류전 그룹전, 단체전 50여회. Life is a moment 순간순간이 모여 인생인 듯 하다. 그 순간순간이 삶의 선물이라고 생각하고 행복을 추구하는 작업을 해오고 있었다. 살면서 느끼는 다양한 감정들은 살아있기에 느낄 수 있는 행복함이며 사람의 삶이 나무의 삶과 닮아보여서 나무조각을 보자기 선물포장으로 형상화 시켜 행복한 순간, 소중한 선물의 느낌을 표현해 보고자 한다.

# 마음을 멈추고
# 바라보는 것만으로도
# 평화와 행복이 찾아옵니다

**마음을 멈추고 다만 바라보라.**

✚ 틱 낫한

    걷기 명상으로 유명한 틱 낫한 스님의 책 제목이기도 하지만 잘 사는데 필요한 계명이기도 합니다. 저는 사람을 편견이나 평가 없이 바라보는 일이 힘들었고 지금도 수양부족으로 여전히 힘듭니다. 대상을 바로 보고 마음의 평화를 간직하기 위해서는 '있는 그대로' 볼 수 있는 순수한 마음이 있어야 합니다. 원효대사도 '지관止觀'을 이야기했지요. '멈추고 바라보라'는 것입니다. 마음속에 떠오르는 헛된 망령, 거짓 마음, 헛된 감정 즉 정서적 반응, 예를 들면 희노애락애오욕, 탐진치 등을 들여다보기 위해 멈추라는 것입니다. 혜민스님이 쓴 인기 있었던 책 「멈추면 비로소 보이는 것들」에서도 감각적이고 빠름을 좇는 우리에게 보내는 가끔 세상을 여유롭게 멈추고 바라보라고 이야기합니다.

욕심이 선호選好를 부추기고, 이해관계에 따라 편을 나누고, 흥분하고 두려워하며 분노케 하는 등 마음을 혼란하게 합니다. 조금만 멈추고 잘 들여다보면 별일 아닌 것에 마음을 뺏기고 있다는 것을 알 것입니다. 어떤 일이든 섣부른 판단 없이 있는 그대로 볼 수 있는 여유를 가져야 합니다. 제 경험으로는 선입견이나 제 이익을 앞세워 결정한 일은 낭패를 많이 보았던 것 같습니다. 소망충족적 사고도 멈추어야 하고, 점쟁이도 아니면서 예감豫感(hunch)을 너무 믿으면 안 됩니다. 모든 사람이 공통적 측면도 있지만 다른 측면이 많기에 판단은 자신의 욕구를 반영한다는 점을 경계해야 합니다.

여러분은 자신의 편의에 따라 마음을 오염시키지는 않는지요? 인간이 완벽할 수는 없지만, 행복한 삶을 누리기 위해서는 작위作爲적 생각에서 벗어나야 합니다. 오염에서 벗어나는 최소한의 방법이 멈추고 바라보는 일을 먼저 하는 것입니다. 어렵지만 관계의 평화와 삶의 행복을 위해 실천해보실까요?

━━ 강다희 **Happiess of moments 1** 2022 | Acrylic mixed material | 72.7×60.6cm ━━

# 살아있다는
# 그 자체가
# 기적이고 행복입니다

**기적은 대지 위를 걷는 일이다.**

✦ 임제


임제 선사의 한마디는 특별한 것과 자극적인 것을 좇으며, 살려고 몸부림치고 나날을 불평하고 불만이 넘치는 우리에게 깨우침을 줍니다. 존재하는 모든 사물은 기적과 같고 세상은 아름답습니다. 우리도 아름답고 대지도 아름답고 하늘도 아름답습니다. 세상의 수많은 경이驚異를 느끼는 것은 하늘을 떠다닐 수 있는 특별한 기적 때문이 아니고 대지를 걸을 수 있다는 평범한 기적이 있기에 가능합니다.

미물微物도 아름답게 보려고 하면 신성神性이 됩니다. 특별한 것에서 신성함을 찾을 것이 아니라 모든 사물에 신성함이 깃들어 있고 절대자의 손길이 닿지 않는 것이 없다는 사실을 아는 것이 중요합니다. 존재하는 모든 사물을 보고 느끼고 듣는 자체가 기적이며, 대지를 걸을 수 있다는 자체가 기적인 것입니다. 사물들 각각이 가지는 특별한 모습에 감동하고 감탄하며 고마워할 수 있는 자체가 기적입니다. 가끔 이런 생각을 합니다. 이 세상에 존재하는 자체가 기적이고 축복인데, 이것을 누리지 못하고 욕심 때문에 감사하지 못하고 불평만 하다가 세상을 마친다는 것입니다. 이 거룩한 기적과 축복을 누리는 사람을 지혜로운 자라 부르고 싶습니다.

기적을 뭐라고 생각하시나요? 특별한 것인가요? 날마다 발견할 수 있다고 보시나요? 나날이 보석인데 그것을 보석으로 보지 못한 어리석음은 누구에게 있을까요? 지혜의 눈으로 바라보고 해석하면 일상日常이 기적이 되고 특별한 축복이 되고, 존재하는 것 자체가 기적이고 행복입니다. 당연히 대지를 걷는 것도 기적이니, 이 축복을 다 함께 누려보실까요?

———— 강다희 **precious moments** 2022 | Acrylic mixed material | 45.5×37.9cm ————

# 함께 하면
# 큰 행복이 됩니다

**서로 떨어져 있으면 한 방울에 불과하다.**
**함께 모이면 바다가 된다.**

**+** 류노스케 사토로

여러 생각이 떠올랐습니다. '뭉치면 산다. 흩어지면 죽는다', '백지장도 맞들면 낫다', '티끌 모아 태산' 등이 한꺼번에 생각난 것입니다. 협동과 단결의 힘을 이야기하는 것도 같고, 하찮은 것도 보태다 보면 커져 큰일을 할 수 있고 큰 도움이 될 수 있다는 것으로 해석했습니다. 사적인 이익도 개인에게 작은 행복을 주지만, 개인의 이익을 넘어 더 많은 사람의 이익을 생각하면 더 큰 행복을 얻을 수 있다는 것으로도 해석이 됩니다. 여러 의미를 담고 있기에 더욱 정감이 갑니다. 그러나 나쁜 일을 위해 잘 뭉치고 세력화하는 것은 경계해야 합니다.

어려울 때 위기를 넘고 서로 돕는 데 쓰기 위해 십시일반十匙 一飯하고 힘을 모으는 것은 좋으나 이기적 집단행동이나 음모를 꾸미는 데 쓴다면 바람직하지 않습니다. 그러기에 힘을 모으고 뭉치는 일은 대의명분이 있어야 하고 심사숙고深思熟考와 논의과정이 있어야 합니다. 학교에서의 집단따돌림이나 사회에서의 사실 확인이 없는 여론몰이, 정치적인 어용단체들의 어이없는 집단행동들이 제 가슴을 아프게도 합니다. 민주주의의 큰 맹점이 우중愚衆정치라고 한 플라톤의 말에도 귀를 기울여야 합니다. 모든 물이 모이는 바다가 깨끗한 바다이기를 바랍니다.

뭉치면 큰 힘을 낸다는 것을 경험하신 적이 있으시지요? 뭉친 집단이 개인의 이익이 아닌 사회의 안녕과 정의에 바탕을 두면 좋겠지요. 적어도 역사의 도도한 흐름에 죄짓지 않기 위해서는 한 번쯤 이런 질문을 꼭 해야 하지 않을까요? 저부터 진리와 선과 정의를 위한 바다가 되도록 노력하겠습니다. 사리사욕을 앞세우는 눈앞의 이익보다는 더 큰 안녕과 행복을 위해 힘을 모으겠습니다.

# 비움은
# 곧 충만이고
# 행복입니다

아름다운 마음은 비움이고,
비움이 가져다주는 충만으로 자신을 채운다.

✚ 법정

　법정 스님은 비움을 실천한 종교인으로 유명한데, 그의 삶은 '무소유'를 바탕으로 하고 있습니다. 무소유를 통한 가르침이 제 삶을 좀 더 여유롭게 합니다. 인간의 욕망은 채우는 데 있습니다. 돈, 권력, 명예 등은 인간이 추구하는 대표적 욕망입니다. 그것들은 아무리 채워도 부족한데, 그렇다면 그것은 행복이 아닙니다. '인생은 나그넷길 빈손으로 왔다가 빈손으로 가는 것'이라는 노래를 습관처럼 중얼거리지만, 삶의 현장에서는 공염불空念佛이 됩니다.

　행복은 소유물에 비례하는 것이 아니라 그것을 어떻게 잘 즐기느냐에 달려 있기에, 가진 것을 넘겨주고 비울수록 행복은 채워집니다. 저의 글도 미사여구美辭麗句와 군더더기 없이 소박할

— 강다희 **magical moments**(마법같은 순간) 2023 | Acrylic mixed material | 72.7×53cm —

때 즐거움이 커집니다. 뭔가 지식이 많음을 드러내기 위해 화려한 문장을 쓴 다음에는 왠지 모를 허전함이 밀려옵니다.

소극적으로 보일지 모르지만, 존재함에 고마워하며 순간순간의 기쁜 일들이 선물이었음을 감사할 때 여유와 비움의 마음이 생기겠지요. 비움의 가치와 멋을 묵상黙想하는 행복한 날이 되었으면 좋겠습니다.

오늘도 뭔가의 부족을 채우기 위한 전쟁에 돌입突入하고, 채우지 못해 서글프고 힘들지 않으신지요? 삶이 부족함의 연속이라면 욕심이 낳은 것입니다. '인생은 나그넷길'이라는 가사를 음미吟味하며 비움과 여유로 행복한 인생을 풍성하게 살아보실까요?

# 쉼은
# 삶을 풍부하게 하는
# 행복입니다

**쉬는 것은 게으름을 피우는 것이 아니다.**
**때로는 여름날 나무 아래 잔디에 누워도 보고,**
**물의 속삭임을 듣기도 하고,**
**하늘을 떠다니는 구름을 쳐다보는 것은**
**결코 시간 낭비가 아니다.**

➕ 존 러벅

천문학과 곤충학에 큰 관심을 둔 영국 작가 러벅다운 말입니다. 자연의 질서를 탐구하고 섬세하게 관찰하는 일은 진척이 없는 일이기에 여유를 갖고 차분히 하지 않으면 이룰 수 없습니다. '주마간산走馬看山', '서두르면 망친다.'는 말처럼 삶에서 여유를 가지고 보는 일은 중요합니다. 마음이 바쁘지 않으면 헷갈리지 않으며, 놓치는 것 없이 두루 세상을 볼 수 있는 혜안이 생기기에 쉼은 반드시 필요합니다.

제 경험에도, 쉬는 것은 마음을 충전시켜 주었고 평소 느낄 수 없었던 세계를 열어주었습니다. 여행을 가도 여유가 있으면 아름답고 신비한 것들을 다 보고 느낄 수 있으나 빈틈없이 짜인 여행은 진정한 기쁨과 행복을 주지 못하였습니다. 공부나 연구

— 강다희 **wish to share together**(함께하는 마음) 2023 | Acrylic mixed material | 53×45.5cm —

도 마찬가지로, 벼락치기로 하는 공부나 연구는 놓치는 것이 많고 실수투성이어서 전체를 바라볼 수도 없고 엉터리로 짜맞추는 듯한 어리석음을 불렀고, 피곤이 쌓여 바른 생각을 하지 못하고 실수를 합니다. 그러기에 바쁜 일상에도 짧게나마 휴식을 가지는 것처럼 중요한 일은 없습니다.

자기만의 쉼과 여유를 갖고 계시나요? 휴식은 낭비가 아니라 새로운 충전이며, 휴식이 있어야 새로운 것이 보이고 행복합니다. 세상에 일하러 온 것이 아니고 놀고 쉬기 위해 왔으니, 놀고 쉬기 위해 일을 한다고 생각을 바꾸면 세상이 달리 보일 것입니다. 오늘 하루 천천히 걸으며 아름다운 하늘과 숲의 화음和音에 행복해하고 멋진 음악과 차 한 잔의 여유를 즐기시길 바랍니다. 행복은 멀리 있지 않으니까요.^^

# 경청을 기반으로 한
# 소통은 행복합니다

인간의 입은 하나, 귀가 둘이 있다.
이는 말하기보다는 듣기를 두 배 더하라는 뜻이다.

✚ 탈무드

예로부터 '듣는 것을 앞세우고, 말하는 것은 조심하라.'는 것이 잘 소통하고 믿음을 다지는 방식입니다. 잘 듣는다는 것은 상대가 전하는 메시지를 잘 이해한다는 뜻이기에 오해나 짐작해 판단하는 잘못을 없앨 수 있습니다. 잘 듣는 것은 소통의 기본으로, 상대의 메시지에 따라 자신의 대화방식이 결정되기 때문입니다. 경청傾聽은 상대를 존중하고 말을 귀하게 듣는 것으로, 귀가 두 개고 입이 하나인 뜻을 늘 살펴야 합니다.

현대인들은 듣는 것보다는 말을 하는 데 익숙해 '내 말 좀 들으라'고 화를 내고 말을 하는 경우가 많습니다. 거울 이론이나 투사법처럼 자기자신의 눈으로 상대를 보고 있음을 깨달아야 합니다. 상담相談도 별다른 것이 아니라 내담자來談者의 이야기

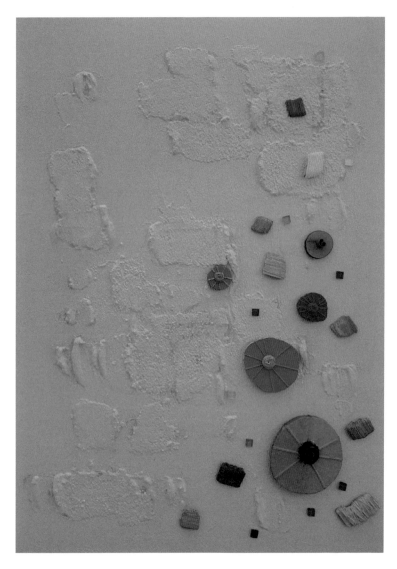

— 강다희 **Today, like a travel**(오늘, 여행처럼) 2023 | Acrylic mixed material | 72.7×53cm —

를 끝까지 잘 들어줄 때 문제를 풀 실마리를 찾습니다. 중간에 끼어들고, 지나친 간섭을 하고, 대신 판단해주면 상담을 망치는 경우가 많은데, 저도 한때 그런 건방을 떨었습니다. 내담자를 아래로 본 것으로, 선무당이 사람 잡은 것이지요. 그때의 오만과 불손, 도덕적 윤리적 판단에 얽매였던 딱딱한 생각 등 반성할 것이 많습니다. 아직도 부족하지만, 이제는 치우치게 되어, 제가 상담을 주도하는 어리석음에서 벗어나 자유롭게 이야기를 그대로 들어주는 단계로 성장했습니다.

이야기를 잘 들으시나요? 아니면 자신의 판단과 평가가 앞서 상대의 말을 뭉개고 막 이끌어 가시나요? 세상을 바라보는 견해는 다양하며 많은 차이가 나기에 때로는 합의가 될 수도 있으나 차이만 확인할 가능성도 있습니다. 이것을 대화과정에서 인정해야 합니다. 말은 자기자신의 입장과 견해, 때로는 신념을 반영하는 것이므로 막 해서는 안 됩니다. 엎질러진 물을 주워담을 수 없듯이 내뱉은 말도 마찬가지입니다. 말은 믿음입니다. 두 번 듣고 한번 말하는 신중함과 상대방을 수용하고 이해하는 마음을 가지면 편안하고 행복합니다. 그래서 경청을 기반으로 하는 소통은 관계를 행복하게 합니다.

# 감사와 은혜는
# 행복의 지름길입니다

은혜를 떠올리면서 감사는 태어난다.
감사는 고결한 영혼의 얼굴이다.

✚ 토마스 제퍼슨

제 삶에 은혜를 준 많은 분들이 떠올랐습니다. 그분들의 도움 없이는 오늘의 제가 없었겠다는 생각으로 감사의 기도를 올렸습니다. 좋은 과거는 잘 풀려 만족했기에 떠오르지 않고, 풀지 못했거나 만족스럽지 못한 과거는 자주 생각나는 경향이 있습니다. 그러니 감사보다 불만이 마음을 부려 평화와 행복이 있을 리 없습니다.

'매사에 감사하라.'는 말을 다시 생각하면서 사랑과 은혜와 많은 가르침을 베풀어 주신 하느님, 하늘과 땅, 부모, 은사, 종교인, 농부를 비롯한 많은 분들께 저의 불민不敏에 대한 용서를 빌며 감사를 드립니다. 그분들의 도움 없이는 단 하루도 살 수 없음에도 공기를 아무렇지도 않게 마시듯 당연하게 여겼습니다. 어리석다는 것은 은혜와 감사를 모르는 삶입니다. 어리석음을 깨우치게 한 제퍼슨의 말이 '세상은 감사로 넘치는 살만한 곳이구나'라는 즐거움과 행복을 주었습니다.

여러분도 감사할 분이 많으시지요? 불평과 불만 있는 사람보다 감사한 사람들을 기억하는 행복을 누리세요. 저에게 관심을 주시는 여러분께 감사하는 마음으로 글을 쓰니 너무 행복합니다. 은혜를 주신 분들을 기억하고 기도하는 '감사의 하루' 되시길 빕니다.

# 믿음에 바탕을 둔
# 진실한 대화는
# 혼인 생활을 행복하게 합니다

혼인婚姻하고 싶다면 이렇게 자문해보라.
'나는 이 사람과 늙어서도 대화를 즐길 수 있을까?'
혼인 생활의 다른 모든 것은 순간적이지만
함께 있는 시간 대부분은 대화를 하게 된다.

✚ 프리드리히 빌헬름 니체

'생철학자', '실존철학자', '권력에의 의지', '디오니소스적인', '신은 죽었다' 등의 말이 떠오르고, 「비극의 탄생」, 「우상의 황혼」, 「인간적인 너무나 인간적인」, 「짜라투스트라는 이렇게 말했다」 등 짤막한 잠언으로 쓴 어려운(?) 명저를 다 읽지 못하고 팽개친 저에게도 위의 말은 현실적이고 분명하게 다가왔습니다. 연애도 파울 레와 루 살로메와의 관계에 끼어든 삼각관계에서 루 살로메에게 청혼해 실패하고 절망감을 안고 살았던 그의 결혼관을 보는 것 같습니다. 혼인에는 실패했지만, 그의 말은 옳다고 봅니다.

혼인을 꿈꾸는 사람은 '저 사람과 혼인하면 나에게 부족한 사회적 지위, 명예, 가문, 학벌, 신체적 결함, 외모, 인지적 능력,

— 강다희 **Happiess of moments 2** 2022 | Acrylic mixed material | 45.5×37.9cm —

쾌락적 만족감 등을 채워주겠지'하고 사랑이라는 이름으로 포
장해 행복을 생각합니다. 이런 결핍을 채우는 것이 목적인 혼인
은 그 욕구가 채워지자마자 허전해집니다. 이상적인 혼인은 반
드시 믿음에 바탕을 둔, 인격을 존중하는 소통 즉 이해하고 받
아들이고 공감하는 대화의 잔치를 펼치며 보완해가야 합니다.
그러나 열정이 넘치는 신혼이 지나면 서로를 평가하고 비난하
는 교차교류와 안팎이 다른 이면교류를 서슴지 않으니 비극의

씨앗이 싹트면서 대화를 피합니다. 스스로 고독하다, 우울하다고 진단합니다. 흔히 괜찮은 사람이라는 표현을 '대화가 되는 사람이야'라고 합니다. 부부를 위한 파랑새는 멀리 있지 않고, 상대의 요청에 어떻게 반응하느냐에 달려 있습니다. 혼인 생활의 천국과 지옥을 가르는 것은 상대를 바라보는 태도에 있습니다. 저는 주례사에서 그것을 신뢰, 존중, 소통을 통해 배우자를 소중히 여기는 것이라 이야기합니다. 오래 전에 불렀던 '영감 왜 불러 뒤뜰에....'라고 시작되는 유행가가 있는데, 상식에 어긋나고 잘못했어도 '잘했군, 잘했군, 잘했어'라고 하듯, 상대를 인정하는 대화가 필요합니다.

어떠십니까? 이해관계가 없는 다른 사람에게는 친절하시면서 가장 가까운 배우자에게는 적을 대하듯 결을 세우고 나쁘게 판단하고 함부로 대하지는 않으신지요? 한때는 밤을 새우며 연가戀歌를 쓰고, '하늘의 별이라도 따서 행복하게 해주겠다.'하지는 않으셨는지요? 상대의 이야기를 들어주며 공감하고 소통해 보세요. '안돼, 그럴 줄 알았다. 뻔하지 뭐~'라는 말 대신 '그래, 고마워, 당신이 있어 행복해'라는 말을 해보면 어떨까요? 원망하고 미워하고 사는 인생은 지긋지긋하고 길지만, 사랑하고 존중하고 살면 너무도 짧습니다. 진정한 소통을 통해 행복을 찾으세요. 우리의 선택에 달려 있습니다.

강다희 **precious gift** 2022 | Acrylic mixed material | 72.7×53cm

# 집의 본질은
# 사람이 모인
# 행복의 터전입니다

**나의 집이란 장소가 아니라 사람들이다.**

✚ 로이스 맥마스터 부욜

미국 작가인 부욜은 집의 본질을 생각하게 했습니다. 금박으로 된 성경을 가졌다고 반드시 신앙이 깊다 할 수 없고 비싼 침대에 잔다고 잘 자는 것이 아니듯이 저택에 산다고 행복을 보장하는 것은 아닙니다. 집은 편안한 웃음과 애정이 넘치는 가족공동체이지 단순한 물리적 공간만은 아닌데 사람들은 자본의 논리에 따라 좋은 여건과 편리한 시설을 갖추면 행복할 것이라 착각을 합니다. 가난한 나라의 행복지수가 높은 것은 따뜻한 나눔과 배려 넘치는 삶을 누리기 때문이 아닐까요? 저의 경험도 가난하고 어려웠을 때 가족끼리의 사랑이 두터웠고 더 많은 배려를 했었던 것 같습니다. 콩 한쪽도 나누어 먹는다는 말이 증명합니다.

집을 생각할 때 떠오르는 것은 안락함, 편함, 사랑, 나눔, 배려, 보호, 안식, 따뜻함 등일 것입니다. 물질이 아니라 집의 본질적 속성으로 정과 따뜻함과 사랑이 넘치는 가장 아름다운 공동체라는 것입니다. 그러기에 집은 정성이 깃든 맛난 음식을 먹고 이야기를 받아주고 들어주는 공감이 넘치는 대화가 끊이지 않는 곳이어야 합니다. 저는 '통하면 살고 막히면 죽는다'는 말을 많이 하는데 소통하고 살아가는 생명의 공간이 바로 집이고 가정입니다.

여러분이 생각하는 집은 어떤 집인가요? 자신이 바라는 집에서 살고 계신가요? 혹시 바라는 집이 안 되는 것을 다른 가족의 핑계로 돌리지는 않으시나요? 나의 실천에 따라 가족은 변합니다. 집을 소통의 보금자리, 생명과 사랑의 공동체, 행복의 터전이 되도록 같이 만들어보실까요? 집은 장소가 아니라 사람입니다.

강다희 **Feeling of Bliss** 2023 | Acrylic mixed material | 27.3×22cm

# 자기 안의
# 생명의 에너지를 믿으면
# 행운과 함께 행복이 찾아옵니다

**행운의 소리는 생명의 에너지를 타고 옵니다.**

✚ 윌리엄 레이넨

레이넨이 병마와 싸우면서 몸과 마음을 치유한 '7일 치유프로
그램'을 토대로 쓴 「행운의 소리」에 나오는 말이 가슴으로 파고
들었습니다. 제가 즐겨 쓰는 말이 생명살림인데 생명을 살리는
일도 행복에 뒤따르는 에너지임을 알았습니다. 우리 모두 하는
일이 잘되기를 기원하고 행운을 바라면서 근심과 걱정을 하고
불안하게 지냅니다.

그러나 자기 안에 있는 생명 에너지의 힘을 믿으면 생기 넘치
는 삶을 꾸릴 수 있습니다. 달리 긍정의 힘이라고도 하고 지혜
의 에너지라고도 할 수 있습니다. 문제를 밝게 보며 '지금 여기'
에 머무르며 내면의 소리에 귀 기울이는 지혜가 있다면 에너지
의 중심점인 차크라를 자극하여 생명의 에너지가 활성화될 수

있습니다. 그래서 치우치지 않는 바른 것을 보고 듣는 것도 행복하고 아름다워지는 비결입니다. 아프다는 것은 좋은 기운이 약해지고 탁해졌다는 것이니, 아름답고 좋은 이미지를 마음속에 그리고 키우는 것으로써 나쁜 기운을 몰아낼 수 있습니다. 행운은 자기자신의 삶의 태도에 따라 움직이는 에너지입니다. 기도와 명상으로 생명의 에너지를 키워보세요. 그러면 행운과 더불어 자신도 모르는 사이에 행복해질 것입니다.

스스로를 어떻게 생각하시나요? 다른 사람의 평가에 예민하신가요? 스스로를 통찰하며 잘 안다고 생각하시나요? 모든 결정의 중심에 자신이 있다는 것을 잊지 말고, 어려운 때일수록 부정적 생각이 생명의 에너지를 약화시키지 않도록 오염된 마음을 정화하는 일에 애쓰셔야 합니다. 마음이 병들면 몸도 신호를 보내니 그냥 지나치지 마시고, 몸과 마음에 자가치유능력인 생명의 에너지가 있음을 기억하시게요. 생명의 영적 에너지를 '지금 여기'에서 끌어올리며 최선을 다하면 행운과 행복이 같이 옵니다. 여러분 힘내세요!

## CHAPTER 9

용서는
행복의
지름길입니다

이시형 **페가포비아** 2023 | oil on linen | 31×31cm

# 이시형

2020년 홍익대학교 대학원 회화과 졸업을 졸업하고, 서울과 인천에서 주로 활동하고 있다. 최근에 공간 옹노, wwwspace, 제주특별시와 인천광역시의 지원을 받아 전시를 다수 진행하였다. 작품을 통해 시각과 감정의 관계를 탐구하여 관람자에게 물리적 현실 너머의 공간과 깊이를 표현하여 경외감과 놀라움을 불러일으키는 시각적 경험을 만들어내는 것을 목적으로 작업을 진행한다. 특히 붓놀림을 통해 물리적 세계와 가상 세계 사이의 인식 상실에 도전하고 물리적 세계의 아름다움과 복잡성을 강조함으로써 이미지를 통해 우리의 자아감과 세상과의 관계에 영향을 미치는 다감각적 경험을 만들어 내고자한다. 기술과 미디어에 의해 형성된 현실과 인식에 대한 가정을 흐리게 하지만 현재 세계와의 연결의 중요성을 말하고 있다. 작품은 변화하는 인식에 의문을 제기하고 타인과 자기 자신 그리고 우리의 세상과의 연대를 표현으로써 함께 사는 행복한 이상향의 세계를 지향하며 많은 이야기를 함축하여 표현하고 있다.

# 용서는
# 행복의 지름길입니다

> 그리 힘든데, 왜 용서했느냐고요?
> 등에 박힌 총알보다 가슴속에서 자라는 복수심이
> 더 끔찍하니까요.
>
> ✚ 스트브 맥도널드

　제가 봉사를 갔던 모 교도소의 소장이 추천한 요한 크리스토프 아놀드 목사가 쓴 「왜 용서해야 하는가?」라는 책의 주제와 같습니다. 평소 많이 생각하고 이해한 용서의 개념을 다시 확신하고 실천하는 계기가 되었고, 미워한 사람을 위해 기도하는 용기를 갖게 했습니다. 그리하니 마음이 편안해졌습니다. 행복하고자 하는 사람은 마음에서 미움을 없애야 하는 데 그러기 위해서는 미워하는 상대방에 대한 용서가 우선 필요합니다.

　'상대에게 원한을 품는 것은 스스로 독약을 마시고 적이 죽기를 바라는 것과 같다.'는 넬슨 만델라의 말이 절실하게 다가왔습니다. 피해와 상처를 받은 사람의 분노는 충분히 이해하나 그 고통이 고스란히 원한으로 남을 것은 분명합니다. 가슴에 남은

응어리가 끝없이 억울함을 이야기하지만, 그것은 해결책은 아니고 오히려 병이 됩니다. 서광선 교수의 말처럼 용서는 고통스럽지만, 손해를 보는 것이 아니라 복수와 보복의 악순환을 끊고 미움과 분노와 상처의 감옥에서 스스로 풀려나와 평화를 얻는 것으로 고통스러운 십자가의 승리입니다. 십자가의 승리의 표징標徵이 부활이며 회개와 화해의 역사가 만들어지는 것입니다.

  여러분도 미워하고 원한을 갖는 대상이 있을 수 있겠지요. 정의의 사도처럼 직접 심판하고 싶은 사람도 있을 테지요. 이해합니다. 저도 그런 사람이 있었으니까요. 그러나 미워하면 할수록 그 힘이 제 생각을 조종하고 탈진시키고 불행하게 만들었습니다. 있는 그대로 두고 용서하고 사랑하려고 노력하니 제 마음의 감옥에서 해방되었습니다. 용서는 하는 사람도 받는 사람도 모두 살립니다. '내가 용서한다고 저 사람이 변할까'에 초점을 두지 않고 용서로 인해 자신의 마음으로부터 떠나 보내는 것이니 마음의 안녕을 얻습니다. 그러기에 용서는 상대를 위하기 보다는 우선 자신을 위한 것입니다. 자신의 판단과 평가에 대한 집착을 내려놓으면 마음의 평화가 행복한 선물로 옵니다. 저도 힘내겠습니다. 용서는 행복에 이르는 지름길입니다. 여러분도 힘내세요!

이시형 **사그라진 후의 허무함을 알기에** 2023 | oil on linen | 112×112cm

# 우리는 행복을 찾아 나서는
# 존재입니다

**우리는 모두는 행복을 찾아 나서도록 만들어진 존재이며,
사랑과 다정함, 친밀감과 연민이
행복을 가져다주는 것은 사실이다.**

✛ 달라이 라마

사람은 혼자서도 행복을 느낄 수 있지만, 가족과 사회공동체
와 친밀한 관계 형성과 연민을 통해 더욱 행복하고 즐겁습니다.
친절과 다정함이 주는 행복은 상대에게도 친밀감과 사랑이 전
해지면서 감동을 줍니다. 행복을 얻기 위해서는 누군가에게는
행복을 주어야 합니다. 이 구절에서 저도 '아무 이유 없이 상대
를 존중하며 친절과 다정함을 주고 상대의 말을 수용했는지' 성
찰해보고 부끄러웠습니다. 저를 먼저 생각하며 상대를 배려치
않고 제 감정을 쏟아부은 적이 많은 것 같습니다. 이제라도 성
숙해지려 합니다.

생각해보니 부모님의 흐뭇한 미소가 저를 기쁘게 했고, 어려
울 때 동료와 친지들의 따뜻한 격려와 형제자매의 위로 한마디

가 행복의 자산이고 제 마음을 살찌운 보물이었습니다. 이제 저도 받은 만큼 나누어 주는 행복한 천사가 되어야겠습니다. 일과 관계가 두려워 마음을 얼음장처럼 만드는 것이 아니라 진실한 사랑으로 서로를 녹이는 행복공동체가 되도록 힘을 보태야겠습니다.

여러분은 따뜻한 사랑으로 행복을 찾아 나서고 전하는 분이시지요? 바위처럼 버티며 손해보는 일은 하지 않고 이익을 위해서는 안팎이 다르게 얼굴색을 바꾸며 세상을 어지럽히는 마음은 없으시지요? 과거는 과거일 뿐이니 새롭게 결정하면 됩니다. 저와 함께 행복을 찾고 전하는 아름다운 일에 나서실까요?

이시형 **메가포비아** 2023 | oil on linen | 31×31cm

# 영혼에서 솟는 기쁨인
# 평화가 바로
# 행복입니다

평화란 싸움이 없는 것이 아니다.
영혼에서 솟는 기쁨을 말한다.

✛ 스피노자

"내일 지구가 망할지라도 나는 한 그루의 사과나무를 심겠다"라는 유명한 말을 남긴 스피노자가 또 이렇게 멋진 말을 남겼네요. 한 그루의 사과나무를 통해 내일을 두려워하는 우리에게 희망을 주었는데, 평화라는 말의 더 적극적인 의미도 깨우칩니다. 평화를 영혼에서 솟는 기쁨이라고까지 한 것은 "내가 할 수 없다는 말은 그것을 하기 싫다는 말입니다"라는 주장을 펼쳤던 것에 빗대면, 밖으로 평화로운 척 보이는 것은 휴전협정에 불과한 평화협정이 아닌, 언제든 전쟁을 도발할 가능성이 있다는 것입니다. 진정한 평화는 폭력이 없는 상태, 싸움이 없는 상태가 아니라 내면에 기쁨이 넘쳐 두려움과 흔들림이 없는 평정이 저절로 샘솟는 것입니다.

관계도 그렇습니다. 진정으로 친밀한 관계는 일시적인 협상으로 가능한 것이 아니라 이해관계를 떠나 서로를 진정으로 존중하고 아끼는 마음에서 샘솟는 것입니다. 스피노자가 "나는 다른 사람의 행동을 비웃거나 탄식하거나 싫어하지 않았다. 오로지 이해하려고만 했다"라는 말을 했습니다. 평화롭게 관계를 맺기 위한 시작입니다.

그런데 왜 사람과 나라 간의 관계에서 평화가 깨질까요? 다른 좋은 것이 많음에도 부귀와 명성과 쾌락만 좇고, 인내와 시간이 진실을 밝혀줄 터인데, 의견이 다른데 자기만 옳다고 무리하게 설득하는 과정에서 평화가 깨진다고 합니다. 저를 비롯하여 사람들은 욕속부달欲速不達의 참뜻도 모르는 상황에서 평화가 있기 어렵습니다. 자유로운 사람은 죽음보다 삶을 더 생각하기에 지금의 상황에서 더 잘 살 수 있는 방법을 찾아야 합니다. 혐오감을 주면서도 호감을 준다며 자신을 높게 생각하는 자만심과 과대평가하는 자부심을 낮추는 지혜로 영혼에서 솟는 기쁨의 평화로 얻어야 합니다.

여러분은 평화로우신가요? 혹 욕망에 흔들리며 마음의 안녕과 평화가 죽 끓듯 요동치고 있는가요? 완전하지 못한 인간이기에 마음의 요동은 당연하고, 많은 반성이 필요합니다. 저는 신을 믿기에 모두에게 지금 여기에 마음의 평화가 주님의 은총과 함께 샘솟기를 기도합니다. 저를 비롯한 어리석은 중생을 사랑과 평화로 이끌어 행복하게 하소서. 기쁨이 샘 솟는 마음의 평화가 바로 행복입니다.

———— 이시형 **사그라진 후의 허무함을 알기에** 2023 | oil on linen | 130×130cm ————

# 서로 돕는 것이
# 행복입니다

**우리 모두 서로 돕기를 원한다.**
**인간 존재란 그런 것이다.**
**우리는 서로의 불행이 아니라**
**서로의 행복에 의해 살아가기를 원한다.**

**✚ 찰리 채플린**

　우스꽝스런 콧수염에 "웃음이 없는 하루는 낭비한 하루다"라고 말한 그를 우리는 위대한 슬랩스틱과 판토마임의 대가, 희극배우, 20세기 명작 '모던타임즈'를 만든 영화감독 및 제작자, 그리고 평화주의자라고 부릅니다. 해맑은 웃음과 왠지 슬픈 것 같은 미소가 사회를 풍자하고 비판하는 마력을 지녔던 그는 단순한 희극배우가 아니었습니다. 간디를 존경하고 평등하고 평화로운 세상을 꿈꾸는 이상주의자였습니다. 특정 계급과 계층이 부와 행복을 독점하는 세상이 아닌 서로를 돕는 행복공동체를 꿈꾸었던 것입니다. 그는 사람은 대립과 갈등을 통해 발전한다는 생각 대신에 서로 배려하며 행복하기를 꿈꾼다는 선한 본성을 믿었던 것 같습니다. 그는 공산주의

자들이 믿는 '물질에 기반을 두고 착취와의 투쟁을 통해 재화의 평등한 소유를 우선으로 하는 사회'라는 생각과 다르고, 진정 평화를 사랑한 휴머니스트였습니다. 모던타임즈에서 보여주었던 날카로운 풍자도 편리와 부(富)에 홀려 대량생산체제의 소모품이 된 인간에게 참다운 가치가 무엇인가를 깨닫게 하여 진정한 인간성을 가진 존재로의 회복을 꿈꾸게 하는 계기를 마련해주었습니다.

저도 인간은 대립과 갈등하며 경쟁하는 것이 아니라 상부상조하며 조화롭게 상생하는 존재라고 봅니다. 이익을 보면 먼저 갖고 싶은 욕구도 있지만, 상대방도 '똑같은 욕구를 가질 수 있겠구나'라고 배려하는 마음이 생기는 것을 느낍니다. 상대가 기뻐야 저도 행복할 수 있음을 깨닫고, 상대가 불행한데 내가 행복할 수는 없어 서로의 행복에 기대 살아가야 한다고 봅니다. 인간은 당연히 서로의 행복을 빌어주는 존재입니다.

여러분은 내 행복을 위해 남의 희생은 어쩔 수 없다고 보시나요? 경쟁에서 진 사람은 당연히 패배의 쓰라린 맛을 봐야 할까요? 자신은 기쁘지만, 상대의 불행이나 슬픔에 연민을 느끼며 배려하고 베풀며 함께 나눌 방법은 없을까요? 그러지 못했던 저를 반성하며, 새로이 각성하고 실천하겠습니다. 인간을 천부적으로 존중한다는 것은 누구나 대접받을 충분한 자격이 있다는 인정하는 것입니다. 우리 모두는 소중한 존재입니다.

이시형 **메가포비아** 2023 | oil on linen | 31×31cm

# 함께 웃으며
# 일하는 곳이
# 행복공동체입니다

함께 웃을 수 있다는 것은
함께 일할 수 있다는 것을 뜻한다.

✚ 로버트 오벤

서로 마주 보며 다정한 미소를 짓고 있다고 상상해보세요. 상상만으로도 즐겁고 행복하지 않은가요? 이런 사람하고 같이 일한다면 당연히 기쁘겠지요. 마주 보며 웃는다는 것은 천 마디의 말보다 더 강한, 상대를 인정한다는 표현입니다. 여러분도 좋은 사람이 나타나면 저절로 반가운 웃음이 나오지요?

읽으면서 좋은 사람을 생각하고 미소 짓고, 처음 만나는 사람에게도 웃음을 드리는 하루를 만들어야겠다고 결심했습니다. 여러분도 그런 대상이 있으시죠? '행복하기 때문에 웃는 것이 아니라 웃기 때문에 행복하다.'는 말처럼 웃음을 주고받는 것은 큰 행복 에너지를 주고받는 것입니다. 웃음으로 행복의 에너지를 주고받는다면 직장에서 서로에게 웃음을 던지는 것이야말로 조직을 좋은 에너지로 넘치게 할 것입니다. 웃음이 넘치는 따뜻한 행복공동체가 되는 것입니다. 맑고 순수한 웃음은 어린이의 몫이지만 자애롭고 따뜻한 웃음은 어른들의 몫이라 봅니다. 맑고, 순수하고, 자애롭고 따뜻한 웃음으로 소통이 되는 아름다운 집단이 행복공동체의 모습입니다. 저는 '나이 들어 자기 얼굴에 책임을 져라.'가 아니라 '자신의 웃음에 책임을 져라.'고 말하고 싶습니다. 저는 해맑은 웃음을 가진 어린이들과 자애로운 웃음을 짓는 분들과 함께 세상을 재미있고 따뜻한 행복이 넘치는 공동체로 만들어 가고 싶습니다.

좋은 생각으로 웃음 한번 짓고 하루를 시작해보실까요? 당신의 좋은 에너지를 만나는 분들께 나누어주실 거지요? 저는 넉넉하고 따뜻한 미소를 글에 담아 여러분께 행복을 드립니다.^^

# 시간을 낭비하지 않고
# 사는 삶이 행복입니다

그대는 인생을 사랑하는가?
그렇다면 시간을 낭비하지 마라.
시간이야말로 인생을 짓는 재료이기 때문이다.

✦ 벤자민 프랭클린

하이데거의 말을 빌리지 않더라도 존재한다는 것과 시간은 서로 뗄 수 없는 중요한 의미와 관계가 있습니다. '지금 여기, 내가 있다'는 것은 온전한 나를 나타내는 유일한 방식입니다. 현존재로서 나는 지금 여기에 머물러 어떤 것을 선택하고 결정하지 못하면 본래 모습을 벗어나게 됩니다. 현재에 살면서도 현재에 머무르지 않고, 과거와 미래에 가 있기도 하고, 여기가 아닌 다른 곳에 유체이탈의 상태로 머무르기도 합니다. 자신이 '지금 여기'의 주인으로 머무는 것이 아니라 지금의 공간과 시간에서 벗어나고 싶은 노예의 상황이지요. 자유는 시간을 회피하지 않고 시간과 함께하며, 인생을 사랑한다는 것은 지금을 헛되이 하지 않고 온전히 머무는 것입니다. 오늘의 나도 과거가

이시형 **메가포비아** 2023 | oil on linen | 31×31cm

돼버린 현재의 연속체인 것입니다.

에릭 번은 시간을 어떻게 보내느냐 하는 것을 '시간의 구조화'
라고 하면서 6가지로 나눕니다. 혼자서 머무는 폐쇄, 의례적인
의식, 일에 몰두하는 활동, 시사적 이야기나 농담을 즐기는 잡
담, 상대를 속이는 이면교류하는 게임, 진실하고 솔직한 인격적

관계의 친밀 등 입니다. 온전하고 행복한 시간은 '친밀'이지만 많은 사람들은 각기 다른 방식으로 시간을 보냅니다. 더욱이 안팎이 다른 '게임'으로 시간을 보낸다면 거짓 삶을 꾸리는 것이니 보내는 시간을 성찰할 필요가 있습니다. 시간이 인생을 형성하는 가장 소중한 재료이고, 시간을 어떻게 쓰느냐가 존재의 모습을 가꾸기 때문입니다.

시간을 어떻게 보내십니까? 어려울 땐 회피하고, 더디게 지나가는 시간을 원망하며, 즐거울 때는 빠르게 지나가는 시간을 아쉬워하며 함께 하는 얄팍한 동반자는 아니시지요? 반복되지 않는 시간의 소중함을 알아 헛되이 보내지 않고 '친밀'을 바탕으로 살아가시지요? 삶의 행복은 그 시간 속에 있습니다. 지금 자신은 이제까지 어떻게 시간을 보냈는가를 나타내는 징표이며, 미래도 현재가 켜켜이 쌓인 결과입니다. 현재에 충실한 자유로운 선택을 통해 시간을 책임감 있게 짜시면 좋겠습니다. 저도 잘못 보낸 시간을 거울삼아 귀중한 현재시간을 낭비하지 않도록 노력하겠습니다.

# 욕심을 비울 때
# 행복은 열립니다

행복에 이르는 길은
욕심을 채울 때가 아니라
비울 때 열린다.

✚ 에피쿠로스

흔히 스토아학파는 금욕주의로, 에피쿠로스학파는 쾌락주의로 서로 반대되는 사상으로 배웠으나 실은 추구하는 목표는 같고 이르기 위한 방식만 다르다고 봅니다. 스토아주의가 도덕을 바탕에 두고 이성의 발달을 목표로 삼아 이를 최고의 가치로 삼았다면 에피쿠로스는 쾌락주의라는 명칭에 맞지 않게 '마음의 평화(atraxia)'를 통해 행복을 찾아가도록 가르쳤습니다. 그의 삶은 검소하고 단순하였는데, 삶에 고통을 주는 성욕, 사회적 지위, 권력, 명성으로부터 벗어나 정치에도 관여하지 말라고 주장했습니다. 행복을 위해서는 욕심을 비워야 한다는 것입니다.

그는 스토아학파와는 다르게 이성이 아니라 감각작용이 지식의 기초라고 믿었습니다. 고통을 주는 원인을 피하고 심신에 쾌락을 주는 것을 찾는 것을 목표로 생각했습니다. 어쩌면 석가모니의 중도를 통한 깨달음과 같습니다. 그에게 잘 산다는 것은 실천적 지혜, 평정된 마음으로 절제, 정의, 용기를 행하는 것으로 더 큰 좋은 쾌락을 위해서는 고통도 기꺼이 받아들입니다. 그는 72세에 죽어가면서도 평화롭고 소박한 마음과 태도를 지킨 것으로 알려졌습니다. 쾌락주의라고 안락사를 바란 것이 아닙니다.

철학은 행복을 찾고 얻는 수단인데, 에피쿠로스에게 중요한 것은 이성의 법이 아니라 우정友情의 법입니다. 불행은 공허한 욕망과 세속적 욕구에서 오므로 그것을 줄이고 비울 때 비로소 행복이 옵니다. 그는 남녀 계층을 뛰어넘은 건강한 우정이 중요하다고 합니다. 소멸消滅에 대한 공포는 헛된 욕망을 버리면 없앨 수 있습니다.

여러분의 욕망은 무엇이며 어떤 의미가 크신가요? 경쟁해서 이기고, 시기하고 미워하며 꼭 얻어내야 하나요? 잠시 멈추어 바라보며 작은 욕심부터 비워내면 마음의 평화가 행복의 세계로 이끌 것입니다.

# 욕심이 없는
# 마음이 가난한 사람이
# 진정한 부자이고 행복합니다

세월이 흐르면 원하는 것을 손에 넣는 것보다
그것들이 사실은 필요치 않다는 것을 깨달을 때
우리는 더 부자가 되지.

✦ 노아 벤샤 「빵장수 야곱의 영혼의 양식」 중

예전에 읽었던 구절이 떠올라 뒤적이면서 많은 생각을 했습니다. 자유롭다는 것은 자신이 주인으로서 바라는 것이 없고, 바라는 것이 없다는 것은 부자임을 증명합니다. 저도 물질의 노예가 되어 충분히 갖고 있음에도 불구하고 더 많은 것이 필요하다고 느끼며 더 많이 가지려고 합니다. 그 순간 자유롭지 못하고 더 많이 가진 사람을 부러워하고 있는 노예 같은 저를 발견합니다. 세상을 아름답게 살아가는 데 별로 도움이 되지 않는 불필요한 것인데 말입니다.

여행을 가서도 많은 기념품을 사면 순간 즐겁고, 사고 싶었으나 돈이 없어 못 사면 안타까웠지만, 돌아와 생각하면 그때의 욕심이지 산 것도 막상 별 쓸모없고 쓰지도 않는 것이 태반이어

─── 이시형 **트루시니스 1** 2023 | oil and mixmedia on linen | 100×72.7cm ───

서 안 사길 잘했다는 생각이 들 때도 많습니다. 인생에서 그렇게 많은 것이 필요치 않다고 깨닫는 일은 부자에 이르는 지름길입니다. 부자가 되기 위해 다른 이를 속이고, 미래의 행복을 위해 지금의 행복을 미루며, 가치 있는 관계를 깨뜨리는 어리석음을 범하곤 합니다. 그리하여 부자면서도 가난하게 생을 마칩니다. 욕심은 사람을 여전히 가난하게 합니다. 왜 마음이 가난한 사람이 천국에 갈 수 있는지를 알 것 같습니다. 마음의 가난함은 욕심이 없는 상태이며, 나날의 삶에 부족함이 없고 은혜로 가득 차 늘 감사하게 합니다. 날마다 감사하면 존재 자체가 기적이자 축복입니다.

진정으로 무엇을 바라시나요? 바라는 것은 영혼과 삶을 살찌워 부자로 만드는 아름다운 것인가요? 만일 삶을 옥죄는 불필요한 것이 있다면 훌훌 털어버리고 영혼이 맑은 행복한 부자로 사시면 어떨까요?

이시형 **트루시니스 2** 2023 | oil and mixmedia on linen | 100×72.7cm

# 긍정적 사고는
# 행복으로 이끌어갑니다

긍정적으로 생각하라.
원하는 것을 마음속 깊이 생각하고 또 생각하면
그 바람은 어김없이 현실로 나타난다.
원치 않는 것을 떠올리지 말고 갖고 싶은 것,
하고 싶은 것을 생각하라.

➕ 안드류 매튜스

여러분이 진정 바라는 것이 무엇이고 그것을 거리낌 없이 말할 수 있나요? 흔히 많은 사람들은 소망하는 것을 가슴에 담아 두고 혹시 다른 사람에게 들킬까 봐 조마조마하기도 합니다. 우리 안에 금지된 것을 더욱 소망하는 마음이 자리해 있는지도 모르겠습니다. 그것은 표현을 억누르는 사회의 구조와 절제된 표현을 미덕으로 여기라고 학습한 우리의 고정된 사고인지 모릅니다.

더욱이 희망적인 생각보다는 다가올 미래의 어려움과 불확실성을 준비하고 늘 조심하라는 선현들의 말씀에 더 힘을 실어주는 사회풍조도 한 몫 합니다. 미래가 오면 그들은 또다시 오지 않는 미래를 위해 현실을 희생하며 지금 하고 싶은 소망을 희생

이시형 **트루시니스 3** 2023 | oil and mixmedia on linen | 100×72.7cm

한 것을 자랑스레 여기기도 합니다.

시간은 어떤 의미가 있을까요? 시간을 틀로 매고 수단화하는 사람들에게 조종당하고 희생당하고 있지 않을까요? 모든 조직은 시간을 지배하고 현실을 잊게 합니다. '죽은 시인의 사회'에서 키딩선생이 외친 '카르페 디엠(현재를 즐기라)'은 자유로운 삶의 활력소입니다. 우리는 금지된 것을 소망하며 그것은 새로운 삶의 희망이 됩니다. 소망을 외치고 노력하면 '지금' 꽃피고 열매를 맺을 것입니다. 두려움 없이 밝게 세상을 바라보면 아름답고 행복한 세상의 주인이 됩니다.

오늘 하루 걱정과 '안된다'는 생각을 하셨나요? 오늘을 일생의 아름다운 선물로 여기며 기쁜 마음으로 희망차게 사시나요? 오늘과 내일은 어떻게 생각하고 맞이하느냐에 달려 있습니다. 오늘도, 그리고 내일도 행복하세요.^^

# 좋은 시와 노래는
# 행복한 삶이 됩니다

**좋은 시는 어린이에게는 노래가 되고,
젊은이에게는 철학이 되고,
늙은이에게는 삶이 된다.**

✚ 괴테

'좋은 것'은 뭘까요? 삶을 통틀어서 행복과 의미를 주는 가치 있는 것? 시대와 계층을 뛰어넘어 삶을 살찌우고 웃음을 짓게 하는 어떤 것? 괴테는 참 위대한 작가라는 감탄이 나옵니다. 저의 꿈도 이런 글을 써보는 것인데, 쉽게 읽히면서도 모두에게 따스한 감동을 주며 삶의 가치로 승화되어 스며들게 하는 글이지요. 이러한 글은 순수한 영혼과 두려움 없는 자유가 녹아들어 거침없이 쓰일 때 빛이 날 것입니다. 좋은 글은 기교가 넘치는 현학衒學적 묘사가 아닌 어린아이의 마음처럼 단순하고 꾸미지 않는 순진무구함이 담겨야 합니다.

여행도 마찬가지로, 선입견 없이 있는 그대로를 보고 순수하게 마음에 담아오면 여행자의 마음과 영혼을 살찌우고 삶의 지평을 넓혀줄 것입니다.

글을 쓰거나 여행을 할 때 어떤 마음가짐이신지요? 내면을 들여다보세요. 좋은 시가 되어 행복하게 피어나시나요? 혹 편견과 자만이 흘러 어렵고, 모호함으로 채워져 있지는 않은지요? 아름다운 마음과 눈으로 삶을 바라보는 노래가 되고, 삶을 밝게 비추고 현명한 삶으로 이끄는 철학이 되고, 흐뭇한 눈웃음으로 삶의 물음에 답할 수 있는 시를 써보실까요? 우리 모두는 시인이 될 수 있고, 시를 쓰는 주인공은 여러분입니다. 오늘 하루가 아름다운 시가 되도록 멋지고 행복한 하루 펼쳐보실까요?

## CHAPTER 10

타인을
행복하게 하면
자신도
행복합니다

− 김영일 **Forgetting - City Life 52** 2021 | Oil on Canvas | 160×160cm −

# 김영일

조선대학교 미술대학 서양화과 및 동대학원 미술학과 석사졸업하고, 개인전 8
회 초대전 2회 및 아트페어 8회, 단체전 100여회를 참여했다. 작가가 여행을 하
며 봤던 자연의 풍경 또는 도시의 여러 의류매장 같은 장소에서 작가가 느꼈던
경험과 고민했던 사유를 캔버스에 표현하고 있다.

# 인간은 미치도록 빠지는
## 놀이를 통해
## 행복합니다

**인간이나 동물에게 다 같이 적용할 수 있으면서도,
생각하는 것이나 만드는 것만큼 중요한 제 3의 기능이 있으니,
바로 놀이하는 것이다.**

✝ 요한 호이징하 〔호모 루덴스〕

20세기의 야콥 부르크하르트라고 불리우는 호이징하는 놀이가 문화보다 더 오래된 것이라고 내세우며, 인간은 '호모 사피엔스'(생각하는 인간), '호모 파베르'(만드는 인간)보다는 '호모 루덴스'(놀이하는 인간)에 가깝다고 합니다.

놀이에는 생활의 직접적인 욕구를 넘고, 동시에 생활에 뜻을 부여하는 '놀고 있는' 어떤 것이 있는데 본능, 정신과 의지로도 설명될 수 없는, 자체의 비물질적인 본질이라는 것입니다.

아이들은 놀기 위해 세상에 왔다는 말도, 천상병 시인이 '귀천'에서 말하는 소풍도, 공자의 즐긴다는 말도, 플라톤이 성스러움을 놀이라고 부르는 것도 놀이를 통해 아름답고 성스러운

경지에 들어갈 수 있음을 본 것입니다. 아리스토텔레스의 '웃는 동물'에도, 제천의식祭天儀式에 있는 영가무도靈歌舞蹈가 자연을 놀이하는 것도, 교회의 예배 속에도 놀이는 깃들어 있습니다.

놀이를 어떤 놀이 자체로만 보는 것이 아니라 긴장완화로, 해로운 충동의 발산작용으로, 소망의 실현으로, 인격감 유지로 보면서 생물학적 목적이 있다는 것입니다. 이들의 대답은 상호보완적인데 무엇보다도 '미치게 만드는 힘 속에 놀이의 본질이 있다'고 봅니다. 그 속에는 자발적인 자유와 고유한 형식과 규칙이 있고, 용기, 끈기, 역량을 길러주며 공정한 정신과 재미가 들어있어 흠뻑 빠져들게 합니다. 재미와 가치를 다 가지고 있는 것이지요.

아이들이 노는 모습은 성스러울 정도로 진지한데, 제천의식, 축제, 기도식, 예배, 성찬의식에서도 사례를 볼 수 있습니다. 진정한 놀이는 하는 척하는 것이 아니고, 미치도록 빠져들어야 가능합니다. 이것이 좋아한다와 즐긴다의 차입니다.

제가 쓰는 글도 놀이라 생각하니 행복하고 즐겁습니다. 오늘 아침은 두 번 씁니다. 쓴 글을 마무리하는 순간 다 날아가 버려 어이가 없었는데 다시 쓰다보니 재밌게도 몇 가지를 빼고는 같은 표현은 없고 완전히 달라졌습니다. 글을 의무감으로만 썼다면 힘들었을 것입니다. 행복하게 즐기는 놀이도 되었기에 다시 쓰면서도 언어의 유희를 즐깁니다.

쓰다보면 어떤 곳에서는 저의 자유와 진지함이 성스럽게 승화되는 느낌까지 옵니다. 놀이에 참여해주신 여러분의 덕분이

지요. 우리 모두 미치도록 빠지는 삶의 놀이에 대해 진지하게
생각하고 신성함에 이르는 즐거운 행복을 누리시게요.

—— 김영일 **Forgetting - City Life 42** 2018 | Oil on Canvas | 182×259cm ——

# 덕이 있는 사람은
# 이웃이 있어
# 행복합니다

**덕은 외롭지 않다.**
**반드시 이웃이 있다.**

(덕불고 필유린德不孤 必有隣 )

✛ 논어('이인'편 25)

    제 연구실 한편에 아버님이 남겨주신 액자가 하나 걸려 있습니다. 하늘나라에 있는 제 친구 화가 하영술의 아버님이기도 한 장전 하남호 선생이 쓴 '덕불고'라는 서예 작품입니다. 보면서 늘 자세를 추스릅니다. 사람들이 배우고 익히고 갈고 닦는 것은 잘난 것을 뽐내고 거만하라는 것이 아니라 베풀기 위한 것임을 새기게 합니다. 덕은 한결같은 마음으로 관계를 맺는 것이고, 이는 사랑(인仁)을 베푸는 실천입니다.

    사람 '인人'자를 보면 서로가 버팀이 되는 모습이며, '인간人間'은 사람 사이 관계의 중요성을 보여줍니다. 사람은 홀로 살지 못하고 관계를 맺고 함께 서면서 비로소 사람 구실을 하는 것입니다. '사람이 된다'는 것은 자기중심적인 삶에서 타인을 배려하고 공동체를 생각하는 삶으로의 전환轉換을 아우릅니다.

옛 어른들이 집에 온 손님들에게 지위와 귀천에 관계없이 정성을 다해 대접했던 것도 덕으로써 베푼 예例로, '선을 쌓는 집안은 좋은 일이 많다'는 말과 일맥상통一脈相通합니다. 덕은 이해관계를 위해 상대를 꼬드기는 얄팍한 기법이 아니라 가치 있고 올바른 삶의 도道입니다. 그래서 이익을 볼 때 옳음을 생각해야 한다는 정신이 깃들어야 덕을 베푸는 사람의 진정성이 우러날 수 있습니다.

교언영색巧言令色이 없어야 하고, 오른손이 하는 일을 왼손이 모르게 하라는 말처럼 선행의 드러냄을 경계해야 합니다. 이 정도에 이르면 반드시 주위에 좋은 이웃들이 있기 마련이고 행복한 공동체가 될 것입니다. 덕이 있는 사람에게 이웃은 저절로 생기는 선물이지요.

허물은 감추고 공은 알리려고 갖은 수단을 쓰며 상품화하는 세상입니다. 참다운 선을 베푸는 덕을 가슴에 새기면 아름다운 이웃과 함께하는 복락福樂을 누릴 것입니다. 어떠신가요? 여러분에게 덕은 어떤 의미인지요? 스스로 덕이 있는 사람이라 생각하시나요? 내 안의 어진 마음을 살피며, 참다운 이웃이 있는지 돌아보는 날 되시면 좋겠습니다. 더불어 살아갈 이웃이 있다는 사실만으로도 우리는 행복합니다.

김영일 **자작나무가 있는 풍경** 2013 | Oil on Canvas | 45×53cm

# 바람이 없고
# 두려워하지 않는 자유는
# 행복합니다

나는 아무것도 바라지 않는다.
나는 아무것도 두려워하지 않는다.
나는 자유다.

✦ 니코스 카잔차키스가 손수 지은 묘비명

제가 좋아하는 묘비명이 두 개가 있는데, 하나는 페스탈로찌의 것이고 다른 하나는 그리스인 조르바의 저자 카잔차키스의 것입니다. 전자는 교성教聖 페스탈로찌의 발자취를 깔끔하게 정리한 명문이고, 후자는 카잔차키스가 자신의 얽매임 없는 자유로운 삶을 소신껏 쓴 것입니다. 자신의 삶을 이렇게 간단히 정리하는 능력에 감복할 뿐입니다. 우리는 무언가 상대방에게 기대하고 바라기 때문에 얽매이며, 앞으로 일어날 일에 확신이 없어 불안하고 두렵습니다. 그러기에 자신있게 선택하며 책임지는 용기가 부족합니다.

여러분은 세상의 주인으로서 자유롭게 살고 있으신가요? 무언가에 포로가 되어 얽매여 계시나요? 분명히 고민하고 실천해야 할 과제입니다.

여러분은 스스로 결정하고 살아갈 능력이 충분하니 머뭇거리거나 두려워 마세요. 자유인이 되느냐, 노예로 사느냐는 여러분에게 달렸습니다. 자유롭고, 두려움 없이 추진할 수 있는 용기를 가진 사람은 세상을 행복하게 살 수 있는 자격을 갖춘 자율적 존재입니다.

여러분의 묘비명은 무엇인가요? 오늘 여러분의 묘비를 어떻게 쓸 것인지 생각해서 써보시고 그 뜻대로 노력해보시면 어떨까요? 후회 없는 행복이 시작됩니다.

——— 김영일 **Forgetting - City Life 45** 2018 | Oil on Canvas | 160×160cm ———

# 있는 그대로의 삶을
# 사랑하는 자
# 행복의 주인공이 됩니다

있는 그대로의 삶을 사랑하는,
자기 삶의 행복한 선물을 누리는 주인이 되자.

✚ 송준석

아침에 눈을 뜨고 나서 기분이 어떠신가요? 저는 '내가 나라는 것이 얼마나 행복한가'하는 생각이 들어 감사했습니다. 나는 우주에서 단 하나뿐인 귀한 존재이고 나를 대신할 존재는 없지요. 똑같은 존재는 하늘 아래 하나도 없고, 여러분도 마찬가지입니다. 우리는 누군가를 흉내 내려고 이 세상에 온 것이 아닌데 외모, 성격, 행동, 재능, 직업, 능력을 비교하며 '다르게 태어났으면' 하거나 달라지기를 바랍니다. 자신을 사랑하지 않고 비교하면서 남을 부러워하고 시기 질투하다 인생을 낭비합니다. 여러분은 어떠신가요?

우리 모두는 독특한 존재로 목적에 맞게 태어났습니다. 옛 어르신들의 '자기 먹을 것을 갖고 태어난다.'는 말도 비슷한 느낌입니다. 스스로 자신감으로 이 세상에 온 것에 당당해집시다. 자기자신의 모습을 그대로 사랑할 때 세상은 살만한 곳이 되고 젖과 꿀이 흐르는 가나안, 곧 천국이 되는 것입니다.

남의 눈치를 보지 말고 자신의 독특함을 귀하게 여기고 당당하게 가세요. 지위地位가, 재산이, 잘생긴 외모가 자신을 대신할 수는 없습니다. 살면서 좋아하는 사람도 있고 싫어하는 사람도 있겠지만 모든 사람의 비위를 다 맞출 수는 없고, 다 만족시킬 수도 없습니다.

자신의 삶에 최선을 다하는 것만이 이 세상에서 자신이 행복하고 아름답다고 느낄 수 있게 합니다. 지혜를 주는 훌륭한 분을 만날 수도 있고 좋은 조언도 받을 수 있지만, 나에게 맞지 않을 때는 내 삶을 당당히 살면 됩니다.

오늘도 '나는 소중한 존재다!', '나는 세상에 꼭 필요한 존재다!'라고 당당하게 외치며 멋지게 사시길 기대합니다. 여러분은 사랑하고 사랑받을 충분히 행복한 존재입니다.

# 나날의 삶이
# 행복입니다

**행복의 기준은 사람마다 다를 수 있으나**
**이것만은 다를 수 없습니다.**
**행복했던 나날들이 모두 모여**
**바로 오늘을 만든다는 것입니다.**

✚ 탄줴잉

베스트셀러 「살아있는 동안 꼭 해야 할 49가지」를 펴낸 탄줴잉의 말은 나날의 삶이 얼마나 중요한지 가르쳐줍니다. 미래를 위해 괴로움과 고통을 참아내며 살고 있다고 하지만 그것조차도 행복으로 느끼는 날들의 연속이어야 하지 않을까 생각해봤습니다. 삶을 어떻게 해석하느냐에 따라 달라지는데, 어떤 지표가 있는 것이 아니라 오늘을 바라보는 눈에 따라 결정됩니다. 자신이 중요하다고 생각하는 것을 다른 사람이 가볍게 본다고 분노하는 것은 행복을 갉아먹는 일입니다.

행복의 기준은 사람마다 다른데, 그렇다고 차별差別이 있는 것은 아니니 나름의 방식대로 누리면 되고, 상대를 자신의 기준으로 비난하거나 불쌍히 여기거나 부러워할 필요는 없습니다.

—— 김영일 **European Landscape - Halstatt 3** 2022 | Oil on Canvas | 33×53cm ——

자신이 가지지 않는 것을 다른 사람이 가졌으면 부러워하는 경
향이 있는데, 자신의 장점이나 잘하는 것을 더욱 자랑스러워해
야 합니다. 특히 물질로 판단하고 평가하는 사람은 정신적 평화
와 안녕이 더 소중하다는 것을 알아야 합니다. 맛있는 안주와
고급술로 폼나고 기분 좋게 취할 수 있지만 거친 술에 소찬素饌
이라도 같이 하는 사람과의 편안한 술자리가 더 뿌듯할 수 있습
니다. 결과를 가지고 하는 큰 칭찬과 찬사보다도 날마다 들려주

는 따뜻한 격려의 말 한마디가 마음을 환하게 합니다. 주위 사람과 일상에서 미소로 소박한 소통하는 것이 더 필요합니다. 상처투성이의 승리보다 나눌 줄 아는 패자가 더 행복할 수 있습니다.

날마다 행복하신가요? 그렇지 않다면 어떤 것이 가로막나요? 걸림돌을 자세히 보면 자존심이라는 이름의 욕심이 있을 겁니다. 헛된 욕심을 털어버리고, 행복의 방해꾼인 미움과 증오를 접고, 상대의 입장을 '그럴 수 있다'고 이해하는 것이 더 현명한 자세겠지요. 저부터 바꾸겠습니다.

# 사랑과 다정함,
# 친밀감과 연민이
# 행복을 가져다줍니다

우리는 모두가 행복을 찾아 나서도록 만들어진 존재이며,
사랑과 다정함, 친밀감과 연민이
행복을 가져다주는 것은 사실이다.

✦ 달라이 라마

인간은 혼자서도 행복을 느낄 수 있지만, 가족과 사회공동체
와 친밀한 관계 형성과 연민을 통해 더욱 행복을 느끼고 즐거워
할 수 있습니다. 친절과 다정함에서 얻어지는 행복은 상대에게
도 친밀감과 사랑에 따른 감동과 행복을 줍니다. 행복을 얻기
위해서는 자기도 누군가에게 행복을 주어야 합니다. 저도 '아무
이유 없이 상대를 존중하며 친절하고 다정하게 받아들였는가?'
돌아보니 부끄러웠습니다. 저를 먼저 생각하면서 상대를 배려
치 않고 제 감정을 보인 적이 많은 것 같은데, 이제라도 성숙해
지겠습니다.

지금 와 생각하니 부모님의 따뜻한 미소가 저를 기쁘게 했고,
어려울 때 동료와 친지들의 따뜻한 격려와 형제자매의 진실한

위로가 행복의 샘물이 되고 제 마음을 살찌운 보물이었습니다. 저도 받은 만큼 따뜻한 행복을 나누어 주는 천사가 되어야겠습니다. 일과 관계가 두려워 마음을 얼음장처럼 만드는 것이 아니라 진실한 사랑으로 서로의 가슴을 따뜻하게 녹이는 행복공동체가 되도록 힘을 보태야겠습니다.

따뜻한 사랑으로 행복을 찾아 나서고 전하는 사람이 되시겠지요? 혹 바위처럼 버티며 나에게 유리한 주장만 하면서 손바닥 뒤집듯 얼굴을 바꾸는 얄팍한 노릇은 안하시겠지요? 저도 후자인 적이 있었는데, 과거는 과거일 뿐 새롭게 결정하면 됩니다. 지금부터라도 저와 함께 행복을 찾고 전하는 아름다운 일에 동참하십시다.

김영일 **어느 휴일의 오후** 2022 | Oil on Canvas | 53×41cm

# 바로 여기가
# 행복의 터전입니다

행복을 즐겨야 할 시간은 지금이다.
행복을 즐겨야 할 장소는 여기다.

✚ 로버트 인젠솔

　　인젠솔은 미국 남북전쟁에 참전한 정치지도자입니다. 흔히 일에서 어려움에 부딪히거나 하기 싫은 일을 할 때 빨리 그 시간과 장소를 피하고 싶은 마음이 생기지만 알고 보면 어렵고 힘든 일도 주어진 시간과 공간 안에 있다는 것을 잊은 행위입니다. '지금 여기'의 순간을 피하면 다음에 분명히 행복이 온다면 모르지만, 그 뒤에는 또 다른 고난과 불행에 발목을 잡힐지도 모릅니다. 그러기에 무조건 피하는 것은 인생을 낭비한 죄를 짓는 것입니다.

　　힘들더라도 '지금 여기'는 행복의 보물창고임을 명심해야 합니다. 과거와 미래로 도망가는 것은 행복을 깨트리는 지름길입니다. 지금, 여기라는 선물을 감사히 받고 지금 이곳에서 할 수 있는 것을 자신이 있게 선택하고 책임지는 행동이야말로 가치가 있습니다. 행복을 받으려는 것에 그치지 않고 설사 어려움에 처해 있어도 누군가에게 자신의 행복을 나누어 줄 수 있다면 '지금 여기의 행복'을 즐기고 있는 것입니다.

여러분은 지금 여기에 만족하시는지요? 혹 불만이 있어 지금 여기에서 벗어나려고 발버둥치고 계신지요? 지금 여기에 있지만, 과거나 미래의 또 다른 장소에 있고 싶은 생각은 없으신지요? 지금 여기를 그냥 보내면 후회만 남으니, 후회 없는 삶을 위해 '지금 여기'에서 천국으로 가꾸어 가세요. 지금 여기 내 마음속에 행복이 있음을 다 함께 기뻐합시다. ^^

WHO IS THE CHOICE FOR?

김영일 **Forgetting - City Life 56** 2022 | Oil on Canvas | 160×160cm

# 하늘나라의 행복은
# 마음이 깨끗하고
# 평화롭고 의로운 사람의 몫입니다

**행복하여라, 마음이 깨끗한 사람들! 그들은 하느님을 보리라.**
**행복하여라, 평화를 이루는 사람들!**
**그들을 하느님의 자녀라 부르리라.**
**행복하여라, 의로워서 박해받는 사람들!**
**하늘나라가 그들의 것이다.**

✚ 영성체송

영성체송은 신앙의 신비를 상징하는 예수님의 몸을 받아 모시기 전에, 예수님이 사람의 죄를 대신하여 십자가의 고난으로 죄를 빌며 당신을 제물로 바친 고귀한 사랑을 생각하며 올리는 찬미의 노래입니다. 신앙이 없는 분들은 '좋은 말씀'으로 받아 주면 좋겠습니다. 속세에서는 부모가 자식을 대신해서 죄를 받고 지은 죄를 용서받고 싶은 큰 사랑에 비유할 수 있겠습니다.

행복하다는 것은 바탕에 영혼의 순수함이 자리하고 있는 것입니다. 그래야 서로에게 평화를 줄 수 있으며 의로울 수 있습니다. 행복에 대한 세속의 지표指標는 지위와 명예와 부가 될지 모르지만, 하늘나라의 행복은 사랑과 용서, 평화와 진실함 그리고 의로움과 배려와 보살핌일 것입니다. 하느님을 보는 것도 순수한 행복을 볼 수 있을 때 비로소 가능할 것입니다. 마음이 오염되지 않고 세상을 아름답게 보는 눈을 가져야 하늘나라에서 주인이 될 수 있을 것입니다.

어떠신지요? 저는 종교를 떠나 지상천국, 불국정토, 천당, 그어떤 이름으로 불리든 행복이 넘치는 하늘나라는 마음이 깨끗하고 평화를 이루고 의로운 사람들이 사는 곳이라 생각합니다. 사랑과 행복을 나누는 아름다운 천국의 주인이 되어보실까요?

김영일 **울타리있는 풍경** 2011 | Oil on Canvas | 53×73cm

# 행복은 자신 안에 있어
# 소중한지 모르고
# 잃어버리기 쉽습니다

행복이란 손안에 있을 때는 작아 보이지만,
일단 잃어버리고 나면 이내 그것이
얼마나 크고 소중한 것인지를 깨닫게 된다.

✦ 막심 고리끼

본명이 알렉세이 막스모비치 페시코프인데, 막심 고리끼(가장 고통받은 사람)라는 필명을 쓰면서 소설 「어머니」를 시작으로 러시아의 모순과 부조리를 파헤치며 사회주의리얼리즘 문학을 개척한 그의 말은 제 마음에 '파랑새'를 떠올리게 했습니다. 한때는 저도 다른 사람이 갖고 있는 것을 시샘하며 스스로 초라함을 느낀 적도 많았습니다. 누가 저를 초라하게 만든 것이 아니라 저혼자 그런 것이었지요. 손안에 있는 떡보다 남의 떡이 더 커 보이는 법입니다.

자신 안의 행복을 찾는 것은 다른 어떤 일보다 행복에 이르는 지름길입니다. 남의 행복을 훔쳐보다가 자신 안에 있는 행복한 기운을 깨우지 못하는 것은 바보 같은 짓입니다. 어차피 다른 사람도 나의 좋은 점을 부러워하는데 말입니다. 만약 행복에 좌절하려면 인류를 위해 큰일을 하신 훌륭한 분들의 성취와 비교하면 그래도 행복의 질적인 측면의 성장에 도움이 될 것입니다.

혹 내 안에 있는 행복을 가벼이 하고, 행복을 속물화된 물신주의적 틀로 보시지 않나요. 돈과 지위가 행복이 아닙니다. 그것은 순간의 행복은 주지만 허전함이 뒤따릅니다. 행복에 순수함과 가치와 의미가 필요한 이유입니다. 쓸데없이 남의 행복에 눈을 주지 말고 자신이 가진 행복을 지그시 들여다보세요. 학자마다 다르지만, 원초적으로는 같이 밥 먹고 사랑하고 대화하는 것으로도 충분하다고 합니다. 셀리그만은 긍정적 정서, 참여, 관계, 의미, 성취라 말하며, 늙어서는 연골이 튼튼하고 인간관계를 잘하고 있고 할 일만 있으면 충분하답니다. 자신의 단점보다 장점에 집중하시고, 같이 밥 먹고 마음 터놓고 이야기할 수 있는 사람이 있다는 사실만으로 필요충분조건이 됨을 잊지 말고, 비교하거나 눈치 보지 말고 용기있게 행복을 선택하세요. 행복은 거창한 것이 아닙니다. 작은 행복이라도 사라진 뒤 후회하지 말고 자기자신의 행복이 소중한 것임을 감사하며 사시면 좋겠습니다.

# 타인을 행복하게 하면
# 자신도 행복합니다

**타인을 행복하게 하는 것은 향수를 뿌리는 것과 같다.
뿌릴 때 나에게도 몇 방울 묻는다.**

**+ 벤저민 디즈레일리**

행복 바이러스라는 말이 있는데, 다른 사람을 행복하게 하는 일은 모두를 행복하게 하는 일로 번져갑니다. 향수 이야기도 마찬가지로, 다른 사람에게 향수를 뿌리면 그 사람도 향긋하고 기분 좋지만 뿌리면서 즐거움을 느끼고 자기에게도 향기가 퍼지는 행운이 옵니다.

반대로 담배 피우는 사람이 '남에게 왜 해가 되냐'고 할 수 있으나 인간관계나 환경은 완전히 분리할 수가 없어서 냄새나 간접흡연의 영향을 받을 수밖에 없습니다. 즐거움과 행복도 서로 전염됩니다. 어떤 사람에게 꽃을 선물하면 사고 주는 과정에서 스스로 꽃의 향기와 마음의 향기를 흠뻑 받고 행복할 것입니다. 그러기에 남에게 아름다움과 행복을 주는 것은 자신의 마음을

김영일 **Forgetting - City Life 37** 2016 | Oil on Canvas | 91×117cm

아름답고 행복하게 하는 일이기도 한 것입니다. 주는 것을 손해라 생각지 말고 '마음의 터전'을 넓히는 일이라 보면 현명합니다. 이해타산을 떠나 행복을 선물하면 반드시 되돌아오니 주는 그 자체로 행복해해도 될 듯합니다.

어떠신가요? 주고받는 법칙에 익숙하여 남에게 잘해주면 나에게 그만큼 해주어야 한다고 보시나요? 저도 그런 적이 많았는데 그때마다 마음이 편치 않았습니다. 이제는 제 마음의 여유만큼 행복을 주고, 주는 것으로 만족하는 사람이 되겠습니다. 그 과정에 이미 행복이라는 선물을 받았습니다. 행복 바이러스, 마음껏 퍼뜨려보실까요?^^ 이 책을 통해 행복을 얻으셨다면 상대방에게 읽어보라고 선물하는 것도 행복 바이러스를 퍼트리는 것입니다.

# 마음의 숲을 거닐다

**초판 인쇄**   2023년 5월 20일
**초판 발행**   2023년 5월 25일

**지은이**   송준석
**펴낸이**   김상철
**발행처**   스타북스
**등록번호**   제300-2006-00104호
**주소**   서울시 종로구 종로 19 르메이에르종로타운 B동 920호
**전화**   02) 735-1312
**팩스**   02) 735-5501
**이메일**   starbooks22@naver.com

**ISBN**   979-11-5795-690-6  03810